What Was Lost

失物

上海文艺出版社 （英）凯瑟琳·欧弗林 著 路旦俊 马新强 译

图书在版编目(CIP)数据

失物/(英)欧弗林著；路旦俊，马新强译.—上海：上海文艺出版社，2014
ISBN 978-7-5321-5575-0

Ⅰ.①失… Ⅱ.①欧… ②路… ③马… Ⅲ.①长篇小说-英国-现代 Ⅳ.①I561.45

中国版本图书馆 CIP 数据核字(2014)第 265323 号

What Was Lost
© 2007 by Catherine O'Flynn
Arranged with AITKEN ALEXANDER ASSOCIATES
through Big Apple Agency, Inc., Labuan, Malaysia.
Chinese simplified character translation rights © 2015 by
Shanghai 99 Culture Consulting Co., Ltd

著作权合同登记号　图字:09-2014-892

责任编辑：方　铁
特约策划：邱小群
封面设计：赵　瑾

失物
〔英〕凯瑟琳·欧弗林 著
路旦俊　马新强 译
上海文艺出版社出版、发行
地址：上海绍兴路74号
新华书店经销　山东德州新华印务有限责任公司印刷
开本 890×1240　1/32　印张 8.25　字数 178,000
2015年1月第1版　2015年1月第1次印刷
ISBN 978-7-5321-5575-0/I·4447　定价:32.00元

目 录

1984

猎鹰调查 /1

2003

寂静之声 /73

1984

待在城里 /237

2004

警戒 /245

1984
猎鹰调查

1

犯罪活动正在进行，没有被人察觉，也没有被人发现。凯特希望自己不会太晚。公交车以十五英里的时速缓慢地向前挪动，在每个路口停下来，等待着绿灯变成红灯。她闭上眼睛，在脑海里幻想着汽车仍在慢慢向前行驶。她睁开眼，发现汽车的速度依然比她预料的还要慢。两旁的路人都已经超过了他们，但司机依旧悠然地吹着口哨。

她环顾其他的乘客，试着推断他们当天都有些什么活动。这些人多数是退了休的老人。她数了一下，发现了四只一模一样的购物袋，上面都印着蓝色的方格图案。她把这些都记在自己的记事簿上，因为她相信任何事情都是事出有因，绝非偶然。

她开始看车上的广告，发现它们大多都是一些广告商为自己打的广告："如果您在看这条广告，那么您的顾客也会在看。"她想知道这些乘客当中是否有人申请了公交车上的广告位，如果是的话，他们又会做些什么广告？

"快来看我的蓝色方格大购物袋，里面装满了猫粮。"

"我对任何人都知无不言。我也吃饼干。"

"罗伯特先生和太太,世界上公认的煮茶高手。'我们连茶叶袋里的茶汁也挤出来。'"

"我的味道有点怪,但不难闻。"

凯特心中暗想,自己也要为侦探社打上一则广告,在广告里就画上她的侧面轮廓和放大镜下的米基,下面再写上:

猎鹰侦探社

从事线索搜寻,疑犯追踪,犯罪调查业务

我们拥有最新式的监视仪器

欢迎光顾

她在自己的记事簿上记下广告上的电话号码,想着等以后自己的侦探社完全开业了就打电话给他们。

终于,汽车到站了。在那儿可以看到轻工业园的园林草坪,被遗弃的旗子依然在随风摇摆。新开张的绿橡树购物中心就坐落在工业园里。她特别注意兰斯戴尔庄园的十五单元,因为她有一次曾目睹两个男人似乎在那里争吵着什么。其中一个男人满脸胡须,另一个戴着太阳镜,大冷天也没有穿外套——她曾认为他们看起来都像犯罪分子。后来,在看到房子外面停放的白色大货车后,经过一番深思熟虑,她最后得出结论:那两个人是在贩卖钻石。今天,这个单元外面一片安静,没有任何事情发生。

她拿出记事簿,翻到页首标着"十五单元监视"字样的那一页,在日期旁用她在公共汽车上练就的,略微有些歪歪扭扭的字迹写道:

"什么也没见到。难道又去接荷兰来的一批货了？"

一刻钟后，凯特开始穿过绿橡树购物中心的集市区。集市区其实并不是一个真正的集市，而是购物中心的地下部分，紧邻公交车的终点站，专门留给了那些没什么名气、出售低档商品的店铺：小工艺品商铺，廉价药房，出售假冒香水的摊贩，发着恶臭的肉摊，叫卖易燃布料做成的服装的小贩。他们的气味和门上方的加热器吹出的灼热气浪的味道混杂在一起，令凯特闻后感到阵阵恶心。对于和凯特坐同一趟车到购物中心来的乘客们而言，这里是通向破败陈旧的海伊街最近的路。自从这个购物中心开业后，海伊街的生意就迅速萧条了。现在，当公交车沿着海伊街行驶时，没有人愿意去看一眼那些封了木板、门口四处散落着快餐袋和落叶的店铺。

凯特意识到今天是星期三，她忘了到自己常去的报刊代销商那里买这一周的《比诺》漫画杂志①。没办法，她只好到购物中心里那个昏暗的报刊亭去买了。站在报刊亭外面，她再次看着书架上的《侦查实录》杂志。封面上的那个女人怎么看都不像是一个侦探，除了一顶软毡帽和一件雨衣外，她什么都没穿。她看起来就像是《难兄难弟》②小品中的某个人物，凯特不喜欢那份杂志。

凯特坐电梯上到一楼，真正属于购物中心的商店、喷泉和塑料棕榈树从这里才开始。虽然现在正值学校放假，但这会儿时间还太早，购物中心还没有忙碌起来。她的同学们在没有家长陪同时是不准独自

---

① 《比诺》，号称英国第一漫画杂志，由汤普森于一九三八年创办。
② 《难兄难弟》，英国老牌电视喜剧系列片，流行于上世纪六十年代末、七十年代初。

到购物中心来的。有时候，她偶尔会在这里碰到自己的同学和他们的家人，然后不得不生硬地和他们打招呼。她觉得，大人们很担忧看到她独自一人在外面四处走动。所以，每当这里的店员、保安或同学的父母询问她时，她总会告诉他们说某一位和自己一起来的成年亲戚刚刚进到一家商店里购物去了。不过，大多数情况下没有人会询问她，事实上似乎根本就没有人看到她。有时候，凯特想自己一定是隐身了。

时间到了上午九点，凯特吃力地从后口袋里拿出事先打印好的日程表：

九点半——十点四十五　　去坦迪电器店，研究对讲机和麦克风

十点四十五——十二点　　监视中央广场

十二点——十二点四十五　　去瓦内齐餐厅吃午餐

十二点四十五——一点半　　去米德兰文具店：看看识别指纹用的印台

一点半——三点半　　到银行附近侦查

三点半　　坐公交车回家

凯特立刻赶往坦迪电器店。

十二点二十整，凯特匆匆忙忙地来到了瓦内齐餐厅。这不是一个专业的侦探应有的行事方式。外面阴雨连绵，尽管看到自己常坐的座位空着，她还是在门口等着服务生为自己安排。女服务员把凯特带到她常坐的那张桌子前。她轻轻地坐在橙色的塑料座椅上，从这里几乎

可以对购物中心的大部分区域一览无余。

"你要看今天的菜单吗？"服务员询问。

"谢谢，不需要。可以给我来一份儿童套餐外加一个香蕉冰激凌吗？请不要在我的牛肉汉堡上加黄瓜。"

"那不是普通黄瓜，那是小黄瓜，亲爱的。"

凯特在自己的记事本上记下：小黄瓜／黄瓜——研究它们的差别。她讨厌自己在执行重要任务时因为犯下愚蠢的小错误而被人发现。

凯特看着桌子上番茄造型的塑料番茄酱挤压器，番茄酱是凯特最喜欢的东西——在她看来没什么比番茄酱更好的了。

记得上学期在学校的时候，保罗·罗伯特曾经朗诵过自己的作文《最令人难忘的生日》，其中他谈到，祖母和父母一起带他到瓦内齐餐厅为他庆祝生日，那是他一生中感到最幸福的时刻。他说自己当时吃了加肉丸的意大利面，也不知为什么他和班上其他同学都觉得这件事很有趣。当他在故事里提到自己吃到了奶昔和彩宝圣代时，他依然激动不已。他说，这个餐厅真是棒极了。

凯特无法理解，既然他这么喜欢瓦内齐，为什么不在周末的时候自己到这儿来吃午餐呢。她甚至可以在第一次的时候带他来，并且告诉他哪个是最好的位子。她还可以指给他看墙上的一块小隔板，用手拨开后就能看到墙后面有个传送带，所有的脏盘子都由传送带送出去。她会告诉他，哪一天她要在传送带上放上一台具有连拍功能的相机，这样它就可以在传送带绕着整个餐厅转动时人不知鬼不觉地拍回一些侦查照片，然后再回到她身旁来。她可以指认出那个看似有杀人嫌疑的洗碗工，或许保罗可以帮她监视他。她也许会邀请保罗加入自己的侦探社（如果米基同意的话）。但是，凯特什么都没有说，她只是在心里默默地想着。

她环顾四周，确保没人看到，然后伸手从包里拽出了米基。她让它靠着窗户紧挨自己坐着，这样服务员就不会注意到，而它也可以从那里很清楚地看到窗户下面的行人。她正在训练米基成为自己的助手。通常，米基只是做一些监视工作。尽管装扮有点古怪，但它的个头不大，这样就不容易引起大家的注意。米基的装束与环境是有点格格不入，但凯特还是很喜欢。它穿着黑帮们穿的细条子礼服，戴着帽子。这顶帽子稍微有点破坏它那山姆·斯佩德[①]的形象，但不管怎样，凯特还是很喜欢。事实上，她自己也想要一顶。

米基是凯特用姨妈送的名为"缝制你自己的黑帮老大式黑猩猩查理[②]"的手工包自己缝制的。黑猩猩查理和凯特童年时的其他大部分布娃娃一样，已逐渐无法再引起她的兴趣，但当她去年打算开办侦探社时，她又想到查理看起来很适合侦探的角色，只是觉得黑猩猩查理这个名字不好。于是，凯特给它改名为猴子米基。每天上午，凯特都会和米基一起逐个完成日程表上的各项安排。她把它装在一个旧军用帆布包里，走到哪里就带到哪里。

服务员上菜了，凯特一边吃着汉堡，一边仔细浏览新年的第一期《比诺》杂志，而米基则目不转睛地盯着窗下一群可疑的青少年。

---

① 山姆·斯佩德，英国作家达希尔·哈默特的小说《马耳他之鹰》中的侦探，其硬派冷酷的外表已成经典。
② 黑猩猩查理，英国杂志《艺尚》一九五七年一月十九日推出的系列漫画中的主人公，是一只来自非洲的黑猩猩，因形象可爱而深受读者喜爱，其衍生产品非常多。

2

从凯特的住处到绿橡树购物中心要坐很长时间的公交车，她家位于这个地区仅存的具有维多利亚时期风格的社区，是一幢三层的红砖小楼，伫立在一片市政府出资修建的四四方方的灰白房子中间，显得格外扎眼。小楼的一边是一个报纸经销商的店铺，另一侧是一家蔬菜肉类食品店。很明显地可以看出，她们家的房子曾经也是一家商店，但现在前厅的窗户上已经挂起了一幅纱帘，原来用作商店的房间被当作了起居室，凯特的外婆每天下午就长时间地坐在那里收看智力竞赛节目。

这栋房子是这一区唯一没有被用来做生意的房子（凯特假设的侦探业务除外），也是唯一一栋用来居家的房子。凯特的这些店主邻居们都不住在店里，每天下午六点钟左右，他们就会锁上店门，回到自己位于郊区的家中。每当这个时候，凯特的房间就开始处于一片寂静和空荡之中。

凯特与那些店主很熟，也挺喜欢他们。蔬菜店的店主是埃里克和他的妻子梅维斯，他们没有孩子，但他们对凯特一直很好，每年都会精心挑选一份圣诞节礼物送给她。去年，他们送给她一个呼吸描记器，凯特用它在自己的名片上做了一个看起来比较专业的图标。现在，凯特的时间虽然大多都被侦探社的事情和持续不断的监视活动给占去了，没有很多空闲时间去看望这对夫妇，但她依然每周到他们那里去喝一次茶。她会坐在柜台后面的凳子上，晃悠着双腿，听着第二电台的广播，然后看着顾客们从店里买走大量的土豆。

埃里克和梅维斯的商店隔壁是沃特金先生的肉铺。沃特金先生已经上了年纪，凯特估计他可能有七十八岁了。沃特金先生人很好，他妻子人也不错，但就是没什么人去他们店里买肉。凯特认为，这可能和沃特金先生总是站在商店的橱窗里，用一个很大的铲刀拍打肉上面的苍蝇有关。这大概就是人们所说的自生自灭的过程：沃特金先生的顾客越少，他进货回来的肉也就越少；他卖的肉越少，那么他看起来就越不像一个屠夫，而是越来越像一个收集各种肉食，然后在自己的橱窗里进行展示的疯老头。上周，凯特路过肉铺时看到橱窗里只挂着一只野兔（凯特认为，现在还活着的人中，吃兔肉的肯定只有沃特金先生自己），几副腰子，一只鸡，一块猪肉和一串香肠。这些本身并没有什么特别之处，但让凯特驻足观望的是沃特金先生创新的营销方式。很明显，他对于橱窗里只能挂出这么几种肉食感到十分尴尬，也许是为了让这些东西看起来不会太单调，他给它们摆出了各种轻松活泼的造型。于是，人们看到的是：一只小鸡用一串香肠牵着一只野兔去散步，一起翻过一座猪肉小山丘，头顶上是用暗红色的猪腰子做的太阳。凯特赶紧将目光从这恐怖的场景中挪开，抬头正好看到沃特金先生站在商店里向她点头。他竖起拇指，似乎正在为自己的作品洋洋得意。

凯特家的另一边是帕尔默先生的店铺，一家报纸经销商。帕尔默先生和他儿子阿德里安一起照看店铺，阿德里安是凯特最好的朋友，他是猎鹰侦探社第一个、也是目前为止唯一的一个顾客。阿德里安二十二岁，大学毕业。帕尔默先生曾希望阿德里安毕业后去找一份"正经的工作"，但阿德里安压根儿就没这样的念头。他很喜欢就这么坐在柜台后面整天读报纸，然后帮忙照看家里的小生意。帕尔默一家就住在离这儿不远的城郊，但阿德里安的母亲和妹妹很少到店里来——这种艰苦的买卖都留给他们家里的男人们来做。阿德里安对凯特就像对待大人一样热情，不过他对谁都一样。他无法像他父亲那样对不同的顾客摆出不同的面孔。帕尔默先生可以用一个叔叔的口吻说："嘿，年轻人，"数秒钟后又转而用十分真诚的语气讲，"这真是一个令人震惊的头条，不是吗，斯蒂文夫人？"

但是，阿德里安和他父亲不同。谁也不知道他究竟热衷什么，可他似乎理所当然地认为，只要他推荐，所有人都会喜欢，或者至少有可能会喜欢。他每天下午总是埋头翻阅音乐杂志，或者看音乐家传记。他向顾客热情地推荐唱片，毫不理会多彻蒂太太不可能突然把自己的喜爱从福斯特和爱伦转移到MC5[①]乐队身上，或者黛比·凯西和她那些嘻嘻哈哈的小伙伴们不可能会把雷奥纳德·科恩[②]看得有多么重要。只要帕尔默先生留他一个人在店里，他就会关掉杰米·扬[③]的电台节目，然后放一盘磁带在录音机里，他想，之所以没有人问自己磁带里

[①] MC5，美国摇滚乐队，一九六四年成立，活跃至一九七二年。
[②] 雷奥纳德·科恩（1934— ），加拿大歌手和歌曲创作者。
[③] 杰米·扬（1921— ），英国歌手，后成为电台著名节目主持人。

放的是什么音乐，肯定是因为他们有点不好意思。所以，他总是潦草地在柜台写上："现在播放的是'牛心上尉'①的歌曲《舔掉我的贴画，宝贝》。如想更多了解，请询问店员。"

然而，和凯特在一起时，阿德里安喜欢聊犯罪侦查、经典的侦探电影，猜测哪个顾客可能是杀人凶手，他们可能把受害人的尸体藏在了哪里。阿德里安总能想到一些独具创新的藏尸地点。有时候，凯特会和阿德里安一起到批发商那里，向他建议该买哪些东西。他们会观察那些魁梧的仓库管理员，然后估计谁可能有犯罪记录。

阿德里安知道猎鹰侦探社，但不知道米基的存在。米基是头等机密。帕尔默先生对学生们在店里的偷窃行为感到越来越头疼，于是，阿德里安委托猎鹰侦探社对商店里的安全状况进行评估。凯特告诉阿德里安，自己的收费标准是一天一英镑，其他费用另算。她预计评估最多只要半天时间，因为自己就住在隔壁，所以阿德里安不需要支付额外的费用。于是，她准备了一张五十便士的发票。凯特对这项"正式"任务感到难以名状的欣喜，她甚至专门为此出去买回一本带有复印页的发票，这花了她整整七十五便士，从而使她的财政暂时处于亏损状态。但不管怎样，凯特正在为将来打下基础。凯特要求阿德里安在店里要一如平常，而她就假扮一个扒手的角色。她说，这对找出商店里的安全漏洞是必不可少的一步。在商店观察了二十分钟后，凯特回到自己的办公室开始草拟评估报告。两小时后，她把一份报告交到了阿德里安的手上，外加她在商店里成功偷到的价值三十七便士的糖

---

① "牛心上尉"，美国歌星多恩·范·弗里埃特（1941— ）的艺名。

果。报告分为两部分，前一部分详细描述了她待在店里那段时间的情况，后半部分对如何杜绝偷窃事件提出了自己的建议。她提出，要重新摆放随意放置的小糖果，对玻璃货架做一次全面检查，以及在两处重要的地方安装反光镜。

对于凯特的报告，阿德里安表现出很认真严肃的态度，丝毫不亚于凯特写报告时的认真态度，而且他在商店里逐条落实了凯特的建议。帕尔默先生对结果很满意，他很高兴看到店里的盗窃事件终于得到了有效制止。凯特询问帕尔默先生，是否可以对她的服务写下几句肯定的评价，因为她曾看到过有商家在自己的广告里加入客户的赞誉之词，以此作为促销的手段。她想象着自己在公车广告里加上了来自客户的赞誉之词，如：

"我们获得的服务快捷、专业，而且收费合理。"

"该社的侦探保密性强、机敏、办案极具效率。"

"自从我们聘请了猎鹰侦探社，我们这里的犯罪率直线下降。"

凯特略微有点失望，她只从帕尔默先生那里听到这样一句话："真是好孩子，凯特。你还挺能干。"

3

凯特每次去绿橡树购物中心时都会顺带到那家大型文具店——米德兰文具店去看看。今天凯特到这里来的借口是要查看一下他们有多少种印台,其实她总是喜欢为自己找些借口来这家商店消磨时间。在这里,时间过得很快。

虽然《马耳他之鹰》中的山姆·斯佩德从来没有买过文具,但凯特知道好的办公用品对于一个高效的调查人员而言有多么重要。实际上,文具已经成为了一个越来越让凯特感到头疼的问题了。上学期刚开学的时候,她第一次开始掌管学校的文具柜。芬尼根夫人告诉凯特,她将被任命为文具委员,同时,还详细讲述了接下来她需要承担的各种责任和义务。芬尼根夫人感到很不解,向来专心认真的凯特怎么这次一脸的茫然,似乎完全沉浸在自己的世界里。

芬尼根夫人说道:"每发出去一本新的作业本,你必须把已经用完的老作业本上签了名字的一角剪下来,然后把它们都收集到一起,这一点非常重要。另外,你得把这些剪下来的部分都放在这个塑料箱里,每个周末你都要确定箱子里那些角的数量必须和账簿上登记的已经发出去的作业本的数量完全一致。明白吗,凯特?"

凯特:"……"

芬尼根夫人又问道:"凯特,听明白了吗?"

凯特还没有为接受文具柜里那么多的财富做好准备。首先,那实际上并不是一个小小的柜子,而是一个房间;其次,很明显的一点是,她和班上的同学已经用过的所有文具与文具柜里丰富的用品比起来,就如同是那茫茫大海中的一滴水而已,寥寥无几。房间里放着一些在她们看来比较奢侈的用品,比如多色圆珠笔,金属削笔刀,整包的签字笔以及折叠文件夹和大号订书机一类的高端文具用品。芬尼根夫人说的话,凯特一个字也没有听进去,她已经完全惊呆了。

自从那个下午起,文具柜就萦绕在凯特的心头挥之不去。她知道,对于一个侦探来说,最重要的是要琢磨犯罪心理,但是对于自己整天满脑子想着如何管好账本的动机,她始终心存疑虑。她担心自己最终走上贪污腐败的道路。

今天,凯特在米德兰文具店花了半个小时的时间去看印章。她试图为自己找个借口买一个,但最终也没有实现。凯特这会儿正在那些银行和房贷合作社外面执行着自己的例行监控任务。她已经在那里监视了一个多小时,两家银行和三家房贷合作社彼此相邻,都位于购物中心二楼的儿童游乐场边上。在它们中间,有一块人造绿地,边上摆着几把橘红色的椅子。凯特在椅子上坐下,米基悄悄地从她旁边的包里探出了一点头。

她总是想,如果购物中心里发生什么重大的犯罪行为,那么案发地点一定就在那几家银行和房贷合作社里。保安们只会忙着盯紧商场里的扒手和逃学在这里玩耍的孩子,而凯特志向远大,总有一天,她耗在这里的时间会得到回报的。有时候,她会幻想一下在第一次制止了抢劫活动后,人们会怎样称赞自己。根据《比诺》杂志的描述,人们总是会用一顿大餐来奖励那些好人好事,其中毫不例外会有一大份香肠土豆泥。凯特希望还能有些别的,例如奖牌或荣誉徽章什么的,要么让她和一个成年的侦探一起工作也行。

绿橡树购物中心的广播在背景中喋喋不休地聒噪着,凯特的眼睛始终盯着银行里进进出出的那些毫无表情的面孔。她看着人们从银行里一取就是数百英镑,令人目不暇接。一对年轻夫妇分别提着五六个时尚购物店的手提袋走过来,每人取了一百英镑,然后又回到商店继续购物。他们死气沉沉,毫无生机,而这只是整个商场给人的一种虚幻感觉的一部分。所有人都显得漫无目的,他们会突然走到凯特跟前,正好挡住她的去路,仿佛全然是无意之举。有时,周围这一切会令凯特感到害怕。她有时觉得自己是绿橡树购物中心唯一还活着的人,有时又觉得自己只是一个在过道和电梯上四处游荡的幽灵。

她知道,终究有一天她会发现银行附近那些神色有异的人。他们脸上带着焦虑,要么是诡诈,要么是愤恨或欲望。那时,她敢确定他们就是嫌疑犯。因此,她不断审视行人的面部表情,以便发现任何不正常的蛛丝马迹。她的目光扫过儿童游乐场,看到有几个从未见过的同龄孩子在那里玩耍。那些孩子早已过了玩丛林惊险游戏或者在彩球池里蹦蹦跳跳的年龄。他们不像凯特,似乎还没有意识到整个购物中心其实就是一个大游乐场。一丝孤独感忽然涌上凯特的心头,但她没有太在意。她不是第一次有这样的感觉了。

凯特最喜欢《如何成为一名侦探》一书（这是"儿童百科探秘"丛书中的一本），因为这本书详细介绍了在打击犯罪活动过程中会遭遇的痛苦和烦恼，其中一条就是作为侦探，你必须花费大量的时间，而且天天如此：

> 最好的侦探总是时刻做好准备——不管是白天还是晚上。他们可以在任何时间动身前去调查犯罪活动或者跟踪嫌疑犯。犯罪分子诡计多端，他们总是喜欢在晚上外出作案。

凯特曾经整晚待在绿橡树进行监视，这是她罕为人知的秘密。她给家里留了一张便条，撒谎说自己参加了学校组织的旅行，然后就带着米基，一个水瓶和自己的记事本来到了绿橡树购物中心。她在购物中心关门之前溜了进去，然后藏在儿童游乐场中心的一个小塑料房子里。她就在那里等着。直到店员们关掉商场里的音乐下班回家，也没人发现她。她竭力整夜都保持清醒，从小房子里向外监视着银行附近的一举一动。她时不时地从小房子里走出来，近距离监视银行或者伸展一下四肢。黎明前她一定是睡着了，当她醒来时，银行已经开门了，里面已经有了第一个顾客。幸运的是，米基依然像往常一样专业，始终保持着警惕，所以，它什么也没有错过。凯特对自己缺乏毅力感到很失望，她决定再试一次，下一次她一定要整晚都保持清醒。

与凯特相距两个座位的男人起身走了出去，凯特懊恼地意识到这个男人在那里已经坐了很久，而她连他的脸都没有看到。也许这个男人正在为抢劫劳埃德保险社来踩点，或许他满脸都是专注的表情。凯特离开座位，打算跟踪这个男人，但她随即意识到自己该回家了，于是便打消了这个念头。她在记事本上写下关于监视的情况，接着把米基头朝下胡乱塞回包里，然后向公交车走去。

4

绝密。侦探日记。

为凯特·米尼侦探所有

四月十九日,星期四

穿卡其布军裤,格子运动夹克的男人再次出现在了瓦内齐餐厅。他戴着新款金属框架的墨镜,我想他可能是美国人,看起来有点像电影《神探科伦布》里的坏蛋。我怀疑他是一个雇佣杀手,正在监视自己的目标人物。或许他的目标是那个短脖子的女服务员,他一直在盯着她看。必须找出她可能被谋杀的动机,明天早上先试着和她随便聊聊,要是有必要,我会先向她发出警告,但首先还是要找到关于"卡其布军裤先生"更多的证据。

他离开餐厅从我身旁经过时,手中的打火机掉在了地上。估计他这是想偷看我的笔记。我立马用菜单盖住笔记本。他假装什么也没发生一样。也许,他已经意识到自己碰上了厉害的对手。

四月二十日，星期五

"卡其布军裤先生"今天没有出现，取而代之的是一个戴着可疑假发的女人。他们之间是不是有什么关系？这个女人泰然自若，她在吃"黑山林"蛋糕的时候没表露出任何焦虑不安。

没看到短脖子女服务员的身影——在询问了为我服务的女服务员之后得知，今天她放假。真有意思。

四月二十一日，星期六

今天再次回到瓦内齐餐厅，我发现"卡其布军裤先生"像往常一样坐在角落里的座位上。"假发"夫人也出现了，但现在可以肯定她和"卡其布军裤先生"应该是没有关系的。我看到她从几个不同的瓶子里倒出许多药片——戴假发应该是为了掩饰病症，而不是出于犯罪的目的。

穿蓝色雨衣的女人再次出现，她坐在"母爱"婴儿用品店外面的长凳上。今天她推着一辆婴儿车，但车子里仍然没有孩子。

四月二十四日，星期二

今天没有可疑报告。只看到一个男人从棕色纸袋子里往外掏橘皮吃，跟踪了他四十分钟，但未发现任何异常情况。

在银行外监视了两小时，未发现任何可疑人物。

四月二十五日，星期三

一个穿着破外套的中年男人可能是在某个垃圾箱里丢失了什么东

西，只看到他不断地把手伸进垃圾箱，然后从里面掏出一些乱七八糟的东西。我以为走过来的保安可能是帮他的，结果发现他们只是把他赶出了大楼。我注意到，他在慌乱中把一个别人吃剩的汉堡放进了自己的口袋。

决定放弃调查此案。

四月二十六日，星期四

今天看到一个高个子的白人男性藏在购物中心中庭的那片热带灌木丛里。好像在和一片叶子说话。没发现他有明显的犯罪动机，于是我和米基很快离开了。

四月二十七日，星期五

在监视银行的时候，看到一个男人孤身一人从我身旁大步走过，然后猛地闯进了巴克利银行。毫无疑问，这应该是一起抢劫事件。我用摄像机对他进行跟踪拍摄，结果发现他对着银行的出纳大声地抱怨银行的手续费。他言辞粗俗，但似乎没有携带武器，对于打劫银行也毫无兴趣。不管怎样，这总是一次非常有用的演习——他让我们多少有些猝不及防。

5

芬尼根夫人在初三年级实行前所未有的排座位制度，它和吉勃斯先生的按字母顺序排座位的方式不一样，也不同于克雷斯夫人喜欢的按桌子的红蓝两种不同颜色排座位的方法，当然更不会是每个学生都梦寐以求的"和自己朋友坐同桌"的方案（克雷斯夫人曾把这种方式形容为怪癖）。

相反，芬尼根夫人的制度是为了实现百分百的均衡。她希望，班里任何两个坐同桌的同学在智力、顽劣、气味、吵闹方面的总和与其他两个坐同桌的同学相比是完全一致的。一个喜欢吵闹的孩子会被安排和一个安静的孩子坐在一起，而一个捣蛋的孩子会和一个喜欢打小报告的孩子搭配在一起。

毫无疑问，芬尼根夫人希望营造一种互相猜忌和悲观绝望的氛围：整个班里都是告密者和勾心斗角的人。然而，对于班里大多数同学而言，芬尼根夫人的体系使他们能够和自己的小伙伴坐在一起。这些感到快乐的大多数同学没有什么鲜明的特点，因此，必须把他们和那些同样没什么过人之处的伙伴们配对坐在一起，否则，班里就会出现优劣之分和失衡的危险。

但是，对于班里少数几个拔尖儿的同学而言，这个体系完全就是对他们的惩罚。凯特被大家公认为是一个头脑聪明、表现良好、学习用心和衣着整洁的好学生，而她为此所获得的奖励就是和特雷莎·斯坦顿坐同桌。

她们坐在一起的第一天，特雷莎就转过来对凯特说："快看！"然后迅速把一个五便士的硬币塞到嘴里，接着张开嘴伸出舌头，证明它已经消失不见了。凯特尖叫一声，把脑袋埋进了自己的练习册里。但特雷莎紧接着发出一阵令人作呕的饱嗝声，然后把那湿乎乎的沾满了她口水的硬币用力从嘴里挤出来，直接吐在了凯特的练习册上。

特雷莎是在春季开学的时候转到这个班来的，据说她是被别的学校开除了。她的到来彻底打破了班里从幼儿学校[①]一年级起就已经建立的秩序和关系。以前，班里有一个大家公认的最调皮的女生，坐在她前面的是班里最淘气的男生。班里还有最脏的男女生，最老的男女生等等。不管是哪一类——最调皮的，说话最大声的，最粗暴的——男孩儿总是首当其冲。

现在，特雷莎开始全方位超越他们，并悠闲地迈向胜利的终点了，这些曾经的奖牌得主们只能无奈地侧目而望，脸上写满了彷徨与迷茫。看来一切都得另当别论了。班里三十个孩子从五岁起就在一起长大，大家认为伊蒙·摩根可能是班里最捣蛋的学生。有一次，当人见人怕的芬尼根夫人离开教室，到文具柜拿东西时，伊蒙跑到教室前面，一

[①] 幼儿学校，英国为七岁以下儿童设立的学校。

屁股坐在芬尼根夫人的位子上，开始用算不上惟妙惟肖，但绝对大胆的动作模仿芬尼根夫人。然后，在全班二十九个同学的一片哄笑声中，他拿起粉笔在黑板上写下了"贱女人"一词。凯特曾想，当芬尼根夫人回到教室时，她可能会被气晕的。班里谁也不会忘记在那个漫长的下午所经受的恐惧、训问和威胁，直到最后伊蒙站出来坦白，全班同学才得以获救。当伊蒙承认的时候，芬尼根夫人的脸上露出了一丝可怕的微笑。

特雷莎来到班上的第一天就明显地表露出了对芬尼根夫人那天讲的威尔士公国一课毫无兴趣。她很大声音地连连打哈欠，对全班同学看她的眼神丝毫也不在乎。她用力把书扔进桌子里，"嘭"的一声合上桌盖，然后随意地走出了教室。整个教室一片混乱。就如同一个小原始部落对于宇宙的认知突然被一盒玉米片的出现撕得粉碎一样，班里的所有人都无法在自己熟悉的世界里接受这样的行为。那么学校外面的世界又会怎样呢？他们早上被父母送到学校，晚上又被接回家。他们上厕所要打报告，只能在操场上规定的区域玩耍，还得按照特别的方向排队，并且只能靠着左边行走。学校就是一张充满了隐形力场和边界的网，她是如何穿越那个别人都看不到的边界的呢？在接下来的日子里，特雷莎用一个又一个的惊人之举在整个年级里掀起了轩然大波，也许，其中最令人惊讶的是她对芬尼根夫人的愤怒全然不在乎。

凯特来到芬尼根夫人班上的第一天就做出了极其艰难的决定：她宁愿尿湿裤子，也不愿意问芬尼根夫人她是否可以上厕所。五年来，她时刻听到芬尼根夫人刺耳的怒吼声在走廊里回荡，更加坚定了她做出的这一决定，而且来到这个班上后，即使芬尼根夫人神经质的坏脾气有所变化，凯特还是不愿意改变原先的决定。芬尼根夫人似乎的确蔑视所有的学生，但班上的学生对此都难以理解。她说的每一句话都极尽尖酸刻薄之能事。每天，芬尼根夫人都会说："早上好，孩子们。"并设法在这样一句简单的问候语中添加进丰富的话外之意、谩骂嘲弄以及讥讽抱怨，让凯特听着浑身不舒服。

班上的同学期望大多数时间里能听到那种残酷的幽默，要不然，就只能看到芬尼根夫人发脾气了。光是她的嗓门就足以让全班同学个个心惊肉跳，她的恶毒对于大家来说简直就是闻所未闻，而且她还经常对学生施加暴力。当理了平头的约翰·菲茨帕特里克头发太短，不足以让她抓到时，她就会直接冲上去给约翰一拳。

然而，特雷莎对于这一切都不为所动。她并不像诺埃尔·布里南那样只会虚张声势。当芬尼根夫人一巴掌打在诺埃尔·布里南脸上时，他只会一个劲傻笑。特雷莎是真的对这一切都毫不在意，似乎她并未把芬尼根夫人和全班同学放在眼里。当芬尼根夫人尖叫着指向特雷莎，让她重读每个音节时，特雷莎只是呆呆地盯着前方，好像在看着一部关小了音量的老动画片。

有一天，芬尼根夫人终于找到了特雷莎的软肋。由于特雷莎在自己的练习册上画满了鬼脸，芬尼根夫人对着她咆哮不止，而特雷莎却扭脸看着窗外，对她的愤怒视而不见。在一通恶言谩骂之后，芬尼根夫人罕见地似乎不得不承认自己的失败，她说道："很快，你就会发现自己将再次被开除，而下一次不会再有学校要你了，那么你将整天都待在家里，并且……"

芬尼根夫人的话还没说完，特雷莎扭过头来，第一次很专注地看着芬尼根夫人。她满眼泪水，然后难以抑制地哭了半个小时。芬尼根夫人和班里所有的学生都惊呆了。

课间休息的时候，每个人都在谈论着特雷莎的投降。那些曾经调皮的男生大声宣称，如果强迫他们待在家里而不是到学校来只会让自己开怀大笑，而不是痛哭流涕。他们以这样的话语来显示自己要收回已经丢掉的"最捣蛋学生"的头衔。事实上，这似乎是芬尼根夫人发出的最无力的威胁，就好像是对孩子三番五次说"吃掉你的面包皮，不然你的头发不会卷的"这样不明智的策略一样。

然而，作为特雷莎的同桌，凯特十分理解她。凯特看到特雷莎的胳膊和腿上到处是自己以前从未见过的淤青和烫伤，她明白特雷莎为什么想待在学校里了。下午有些时候，特雷莎会呆望着窗外，而凯特就在一片恍惚中，透过特雷莎袖子的下方，愣愣地看着天空中的阴云。

6

一个阴雨连绵的星期四,凯特放学后坐在客厅的桌子旁温习功课,她绞尽脑汁想找点关于北欧海盗的有意思的话题来写写。她看着课本上的那些生锈的金属碎片和陈旧陶瓷碎片的黑白图片,脑子又开始胡思乱想了。她想起另一件事情,一件很重要的事情,就发生在客厅里。那一次,她正用尺子和铅笔在本子上画整齐的格子,客厅里放着埃拉·菲茨杰拉德①的歌,讲的是一个妓女的故事。她爸爸一边伴着音乐哼歌,一边在厨房里为下午茶准备炸鱼条和薯片。

"什么是掷筛子,爸爸?"凯特冲着厨房喊道,她已经为这个想了好长时间。

"你说什么?"

"掷筛子,歌里面说'不和达官贵人们玩掷筛子'。"凯特脑海里浮现出一幅戴着单边眼镜、穿着官服的男人慢吞吞地走在小巷里的画面。

"不是'掷筛子',是'掷色子'。"爸爸大声说道。

---

① 埃拉·菲茨杰拉德(1917—1996),美国黑人女歌手,爵士乐歌后。

凯特有点吃惊。

"要知道,这是一种玩色子的赌博。流氓阿飞们整天谈论'丢色子'。他们只要不去泡妞,或者不用躲避警探们追捕,肯定就会玩这玩意儿。知道了吗,宝贝儿?"这时,凯特惊讶地发现爸爸说话带着布鲁克林区的口音。

"难道纽约人说话都像鸭子一样吗,爸爸?"

凯特得到的答案是一条从厨房端菜口扔到她脸上的抹布。

"没错,说话像鸭子,走路像螃蟹——那可是个大城市啊。喂,你事情做完了吗?"

"还没有,我还在画图表。"凯特正在比着尺子画格子,她要确保格子的间隔均匀。

他们父女俩刚刚完成了自己最新的调查项目,这一周他们要做一个关于梨形糖果的名为"哪一个"的报告。凯特和爸爸都很喜欢吃这种糖果,他们已经逛了十五家不同的糖果店来比较大小、糖衣(或者滑顺度)、每零点二五磅的价格、酸甜度等。弗兰克是统计员,现在已经退休。他和凯特一起花了很多时间来制定关于各方面信息的报告和图标:沃里克郡最好的茶叶店是哪一家,最好吃的酸咸口味的炸薯条是哪一种,谁曾经是脾气最坏的女服务员。每次他们都会为下个月要做的任务进行精心策划。

弗兰克六十一岁,他比凯特所有同学的父母都要老很多。但是,凯特对此从不在意。他们父女待在一起的日子对于凯特而言是最幸福的时光。凯特估计,自己老爸要比她见过的所有别的父母至少要有趣一百倍,聪明一百倍。凯特班上有些人只有妈妈,没有爸爸,但她是班上唯一一个只有爸爸而没有妈妈的人。在凯特还在蹒跚学步的时候,她妈妈就离开了他们。她对她妈妈根本就没有任何印象。有时候,凯特也很好奇,他们的生活中怎么还能容得下另外一个人,他们压根儿就没有空间来容纳一个妈妈。每一个周末和学校的假期都被提前安排好了。他们会到有趣的公墓,煤气厂,工厂或者城市中被遗忘的地方去探险。弗兰克会给凯特讲当地的历史,他总是在中间虚构一些有着滑稽的名字和可笑的故事的人物。周末的晚上,凯特会坐在爸爸的膝盖上,两个人一起看电视。他们总是希望能收看到 BBC 二台播放的一部美国黑白电影,里面有歹徒、侦探、坏蛋、荡妇、跟踪者以及枪械。他们俩都很喜欢亨弗利·德福雷斯特·鲍嘉①,每次看到他愚弄小伊莱莎·库克②或者彼德·洛雷③,他们就会大笑不止。每当这时,弗兰克丝毫不顾及自己的形象,而凯特也会试着用美国的怪腔说话。

"赶紧,爸爸。《洛克福德档案》④再有一分钟就要开始了。"

"赶紧?赶紧?你以为炸鱼条这么好做吗?你以为要把它们每一面都炸成金黄色很容易吗?你知道要像最好的餐馆里那样避免把它们炸煳有多难吗?帮帮忙好吗?我在厨房忙的时候不要打扰我。"

"正在演他接电话呢——你看不到了。"

---

① 亨弗利·鲍嘉(1899—1957),美国好莱坞著名男影星,代表作包括《卡萨布兰卡》、《非洲女王》等。
② 小伊莱莎·库克(1903—1995),美国著名男演员,代表作为《了不起的盖茨比》、《原野奇侠》等。
③ 彼德·洛雷(1904—1964),生于匈牙利的美国男演员,参演过《卡萨布兰卡》、《大马戏团》等影片。
④ 《洛克福德档案》,美国于一九七四年至一九八〇年推出的关于私家侦探的电视连续剧。

"这是伟大的艺术家必须做出的牺牲。我猜米开朗基罗在西斯廷教堂画壁画的时候一定错过了几集经典的《神探科伦布》[①]中的一些精彩情节，毕加索从未听说过《验尸官昆西》[②]。不管怎样，这是在重播，演的还是那些东西。"

最后，弗兰克从端菜口递出来两个盛满了炸鱼条的盘子。他们一起坐在桌子旁，一边津津有味地吃着炸鱼条，一边看着电视里的吉姆·洛克福德一出海钓鱼就人赃俱获。

电视演完后，弗兰克要凯特到前边房间的抽屉里找点东西，她回来的时候手里拿着一个包着条纹包装纸的包裹。

"这是什么？"

"给你的一份礼物。"

"谁给的？"

"我，你想还会有谁？"

"为什么给我礼物？"

"我说过，当我们完成这个梨形糖果项目的时候，我要送你点东西。"

凯特满脸笑嘻嘻的。她当然记得这个诺言，但自己把礼物打开来看似乎不是很恰当，好像是她想要似的。她撕开礼物的包装，里面是一本名为《如何成为一名侦探》的书。凯特开心地笑了起来，她很喜欢这本书。

[①] 《神探科伦布》，美国于一九七一年起推出的反映洛杉矶警探生活的电视连续剧。
[②] 《验尸官昆西》，美国于一九七六年至一九八三年间推出的悬念电视连续剧。

"我想咱们可以一起破些案子——我可以成为山姆·斯佩德，而你就做他的助手……叫什么来着……应该是迈尔斯·阿彻。"

"迈尔斯·阿彻在电影刚开始的时候就死了。"

"哦，是的。好吧，但他没有这本书——它能武装你的大脑。我们可以从找出擅自拿走我们酸奶的人开始，送奶工说他每周五都放在门口了。"

但凯特早已睁圆了眼睛，在翻看着书，展示在她面前的种种可能性让她如痴如醉。

"爸爸，我们能做的远不止那一件事。我们可以去抓真正的歹徒——银行劫匪、绑匪……看，书里会教你如何伪装自己，以便更接近嫌疑犯……快看，把自己伪装成一个'游客'，太棒了——根本就不会有人怀疑你实际上正在偷拍犯罪分子。"

"我想，游客在这里可能会太扎眼了，这里可是伯明翰啊。"

"或者装成一个擦玻璃的……爸爸，这本书真是太棒了，我们要到街上去阻止那些犯罪活动。"

但似乎一切都不遂人愿。几个月后的一个早上，凯特一睁眼，就看到房间里洒满了明媚的阳光。凯特总喜欢赖床，她很喜欢看到爸爸早上送早餐到房间，却发现她已经起床读书时脸上那种惊奇的表情。她时常躺在被窝里听广播二台里播放的轻松的乡村音乐，爸爸在厨房里忙碌的声音，但那天早上她什么也没听到。她又开始翻看《如何成为一名侦探》里面讲查看犯罪现场的那几页。最后，她对于爸爸那份惊奇迟迟没有出现感到有点生气，于是她自己爬起来走到了厨房。冰箱的门开着，凯特看到爸爸的一只登山靴放在冰箱里人造黄油的上面。她喊了一声爸爸，但没人回应。然后，凯特发现厨房的水槽里有一摞还没烧完的文件泡在水里，里面有爸爸的公交月票，以前的笔记，一些废旧信件和一篇关于统计方法的文章。当她走出厨房来到客厅，发现东西扔得到处都是，有些小物件还摔坏了。这一切都很反常。

凯特看到爸爸躺在卧室的地板上。当她打开卧室门的时候，爸爸似乎急着要叫她，但当凯特跑过来跪在他身边时，他又似乎没看到她一样，只是嘴里不断地重复着相同的话，含混不清，而他的手则一遍又一遍地抓向空气中什么无形的东西。凯特一边摇晃着爸爸，一边失声痛哭。"醒醒，爸爸，你快醒醒。"但她知道爸爸并不是睡着了。他看起来不再像是凯特平时熟悉的那个人，他的面部表情似乎表明他很生气，而他的眼神直直地盯在凯特身上，似乎想要把她打跑。凯特知道，自己应该打电话求救。但她又想象不出拿起电话后该说些什么，她不知道该如何装着爸爸不存在一样去跟别人谈论他。

最后，救护车来拉走了爸爸，而凯特的外婆随后出现在了她的家里。爸爸看到救护车司机的领带时似乎变得很激动，他一边喊了一句奇怪的话，听起来好像是"哈里"，一边竭力想抓住司机的领带。那是凯特听到爸爸说的最后一句话。四个小时后，他死在了医院里。外婆告诉凯特，爸爸中风了。凯特还没听说过中风，她以为外婆是说爸爸得了"抚摸病"[①]。凯特感到难以理解，抚摸应该是很轻柔，很体贴才对。以前她睡不着的时候，爸爸总是会用手轻轻地抚摸她的头。凯特坐在医院的走廊里，她呆呆地盯着医护人员把爸爸抬进去的那扇门，等着再次接受爸爸的爱抚。

[①] 英文中的"中风"和"抚摸"为同一个词 stroke。

从那以后，生活发生了巨大变化。凯特的外婆搬来和她住在了一起。外婆的名字叫艾薇，是个寡妇。在她唯一的女儿八年前离开弗兰克和凯特到澳大利亚去追求新生活之后，她依然和弗兰克保持着联系，寄卡片，偶尔来探望等等，但事实上，凯特和她始终形同路人。

艾薇对凯特说："我绝不让他们把你送到孤儿院去。我搬过来，他们就不会送你去那里。我最不愿意看到有人进孤儿院。我会给你做饭，和你生活在一起，对我来说住在哪儿都无所谓。我为你爸爸的死感到很难过——真的很难过，这不是你的错，他年龄太大了。但我可不是你妈妈，我可不擅长当妈妈。我曾经试过一次了，但你看我都得到了什么。你妈妈是个蠢女人，我很抱歉这么说，但这是事实。她抛下你自己跑了，然后嫁给了一个比她大一轮的男人，结果又让我来为她收拾这个烂摊子。我知道你是个聪明的孩子，你是个好孩子——所以，我肯定咱们一定可以相处得很好。不过对于我，你唯一要知道的是我爱看智力竞赛节目，而且喜欢玩宾果游戏。"

凯特点点头，内心对外婆告诉她的这一切不以为然。

凯特发现夜晚变得漫长而又空虚，到了午夜就更加难熬。她开始害怕过周末，她学着忘记弗兰克临终前那天晚上的样子——他的大脑受到血压的影响，混乱而又无助，静静地弄乱了房子里的东西。她知道，去想这些只能令人伤心不已。

凯特在一个橱柜里发现了已经被遗忘的米基，然后她开办了猎鹰侦探社。从那以后，她满脑子想的都是名单、监视、报告、方案这些东西。她在学校学习努力，从来不吵不闹；她有时会到隔壁和阿德里安待在一起，或者在家里不断从一个房间走到另一个房间。

7

  凯特跑过假山的山顶。她身后的天空乌云密布，一阵大风突然吹来，晃动着那些又丑又细的树木，弯弯的树枝随风飘摆。周围灌木上的枯叶被吹得四处乱飞，在那些公寓楼门口打着转或飘在空中。一场暴雨将至，凯特向前急奔，她听到天空传出嘶嘶作响的声音，并且看到时不时有电光闪现。风推着她沿着山坡不断地向下跑，而且越跑越快。凯特跑过公交站破碎的玻璃窗，经过一排排漂亮的住宅，穿过空旷的小广场，她感到有点惊心动魄。广场上晾晒在绳子上的衣物在风中啪啪作响，凯特全然不顾地从它们中间穿过，衣物包住她的脸，可以闻到洗洁剂的阵阵清香。她笑着从学校和破旧的循道派教堂门口跑过。她像失控了一般蹦蹦跳跳向前跑去，满心希望狂风能够把自己带走。凯特还在人行道上跑着，豆大的雨点开始倾泻而下。她急着想跑回家，站在自己的窗前看闪电扫过高压铁塔上的电缆。

  十五分钟后，凯特闷闷不乐地站在窗前，看着湿漉漉的街道。

  天空由原来的酱紫色变成了灰白色，令凯特兴奋不已的暴风雨迅速消失得无影无踪，又是一个阴雨绵绵的下午。凯特看着雨水顺着玻璃缓缓流下，玻璃外面的世界一片模糊，她感到一阵心烦意乱。还要几个小时雨才会停，凯特会一直这样站在窗前打发时间。

凯特和住在附近的孩子不熟，她不喜欢他们。那些孩子在契特汉姆街学校上学，他们看起来有点粗野。凯特很乐意独自与米基待在自己的办公室里看文件。但是在夏天傍晚，她有时会望着三四十个孩子在一起玩游戏。凯特现在知道他们玩的是什么游戏了，她已经看了足够长的时间。其中有些游戏凯特在学校和同学一起玩过，比如"英国斗牛犬"①和"转圈"②，但令她感兴趣的是那群孩子玩的叫做"狱卒"的游戏：一种奇怪的捉迷藏游戏，只是游戏场地变成了整个小区，他们会用一个罐子做道具，踢翻罐子，释放所有犯人，游戏也就结束了，没有什么明确限制。有一次，凯特完全被他们的游戏吸引住了，她久久地站在窗户前面，看着寻人的一方满住宅区找最后一个藏起来的孩子。那个男孩已经躲起来两个小时了，但凯特很清楚地看到他藏在了屋顶上。天色越来越暗，寻人的孩子们开始越来越不耐烦地喊那个男孩的名字。男孩发现自己的机会来了，他跳到楼梯井的房顶上，然后不可思议地从那里又跃上一棵小树。小树不堪重压急剧弯曲，男孩正好滚落到地上的罐子旁边，最后他踢翻罐子，释放了所有的犯人。凯特分享着他们的快乐，和他们一起大声欢笑。她甚至穿上了自己的外套，打算出去加入他们的游戏，但走到门口时她又犹豫了。

今天，大雨将所有人都关在了屋里。凯特从窗前离开，强迫自己

---

① "英国斗牛犬"，英国的一种儿童游戏，一两个儿童扮演斗牛犬，其他孩子则从操场一端奔向另一端，被抓获者成为新的"斗牛犬"，最后一名没有被抓获者获胜。
② "转圈"，英国的一种儿童游戏，类似中国的老鹰抓小鸡游戏。

找点事情做做。

凯特很喜欢自己的房间。爸爸死后,外婆让她把房间重新布置了一番。于是,原来的地毯被换成了黑白相间的方格油毡。旧的复合板衣柜、梳妆台和橱柜都被换成了沿着一面墙一溜儿摆开的四个二手文件柜。她那不结实的儿童书桌也被换成了一个二手的大实木书桌,它的一侧全是抽屉。最令她高兴的是,外婆还花钱给她买了一把转椅。书桌是按照凯特自己的要求摆放的,这样她就可以背对着窗户面向房门坐着。依照《如何成为一名侦探》里面所讲的,凯特在自己的门上方安放了一面倾斜成一定角度的镜子,这样她就是坐在书桌前也可以清楚地看到街道的一切,尤其是当别人伪装成窗户保洁员想偷看她的笔记时,她可以及时发现他们。凯特总是情不自禁地坐着转椅在油毡上滑来滑去。有一次她这样滑了整个下午,结果几乎什么事也没做成。后来她设法控制自己的这种习惯。她给自己制定了一个规定,每天只准在椅子上滑十分钟,之后所有在椅子上的活动都必须是有意义的。有时候,当她要转过去从抽屉里拿支笔时,她会假装自己没有注意到椅子已经滑了那么远——要想不这样小小地自欺欺人一下可真难——但多数情况下,她都不会让椅子滑动的距离打破自己的规定。

凯特的打字机放在书桌上,这是她七岁那年收到的圣诞礼物。尽管这只是一个儿童用的塑料模型,但凯特发现它完全可以用来打字,而且顾客们也不会对此有任何异议。但凯特很后悔自己在圣诞节的时候在上面贴了小马驹和狗的贴画,她知道山姆·斯佩德是绝不会贴这些东西的。书桌上还放着一个小卡片盒,凯特打算在里面的卡片上记录下合同的名称和细节。里面有两百张小卡片,但直到目前为止只有三张记录了内容。一张记录了有关隔壁邻居阿德里安的业务,一张上写了有关当地警察局的事情,还有一张和 DVLC① 有关。凯特在许多美国电影里看到侦探们核查人们的驾照,然后再核对车牌号,她不知道在英国侦探们是如何做的,但她还是从一本电话簿中查到了斯旺西市 DVLC 的地址,只是为了以防万一。

这天下午,凯特忙着做一个新的身份辨识册。十八个月前她曾经做过一个,是严格按照《如何成为一名侦探》里说的那样自己做的。那本册子有三十页,每一页都被平分成四栏。她在每页的第一栏中画上各种各样的发型,第二栏画眉毛、眼睛和鼻尖,第三栏是鼻子,而最底下一栏画下巴和嘴。尽管凯特发现由于自己的画像类型比较单一,至少半数面孔看起来都非常相像——都是亚瑟·穆拉德②的变体,但她对自己的成果依然感到很满意。不过,她现在有了更大的目标。想在公交车上做广告的念头让凯特不得不重新评估自己的办公室和设备。她知道,这些方面的不足可能会影响自己抓住潜在的客户。而拥有一个身份辨识册可以略微弥补自己的不足,并且能够尽最大可能帮助客户指认嫌疑犯。可是,凯特认为有些客户可能会觉得用手画的头像看起来不专业,所以今天她打算做一个新的册子——她有一个精妙的点子——她要用那些从杂志上剪下来的图片。凯特的书桌上堆着一大摞杂志,那是阿德里安送给她的。她开始耐心地翻阅那些杂志,然后把其中清晰的、比例适合的头像剪下来。

随着暮色渐渐浓重,雨慢慢停了。孩子们在外面嬉戏喊叫的声音又开始四处回荡,凯特继续全神贯注地盯着那些陌生面孔。

---

① 即现在的 DVLA——英国驾照与车牌颁发局。
② 亚瑟·穆拉德(1910—1995),英国戏剧演员,出演过《雾都孤儿》、《火车大劫案》等影片。

8

又是一个休息的下午,这对于小学三年级的学生十分难得。透过窗户,凯特看着对面的房子,那里有三条疯狗在四处游逛,让一些想从小路穿过的人心惊胆战。凯特很怕狗,尽管她已经被狗咬过十一次了,但她还是觉得自己怕狗并非毫无道理。这个小区里狗很多——人们养狗是为了让它们保护自己,但结果却事与愿违。所有的狗都有精神病,它们讨厌几乎一切东西:孩子、自行车、报童、黑人、白人、快速移动的东西。有些狗甚至连天空也不喜欢,整天冲着天空又蹦又叫。让这些疯狗感到高兴的是,附近总是会出现另外一只和它们一样神经不正常的狗,它们可以凑在一起,成群结队地在这里四处游逛。人们总是能在小区里看到这群疯狗,像舞台上到处乱跑的配角一样在街上、中心小广场上四处游荡,肆无忌惮。凯特盯着它们伸在外面的舌头和凶恶的嘴巴,努力要自己保持镇定。一看到凯特逃离他们那些流着口水、身体紧绷、穷凶极恶的野兽,狗的主人们会在她后面高喊:"不用害怕,狗会嗅出你怕它的。"凯特无法理解,他们怎么会认为这个建议会有用呢。另一件让凯特不明白的事情是,"轻咬"和"咬疼"

之间有什么不同——她认为这可能和是否有意为之有关——但它们真的很难区分。凯特被咬的十一次中有六次狗的主人都在场，每一次他们都说："它和你闹着玩的，它只是轻轻咬你一下，不会弄疼你的。"

伯恩太太这个全世界最瘦弱的女人，推着折叠式婴儿车，手上还提着几个购物袋费力地从那群疯狗旁边走过去，凯特就站在窗前看着。凯特想伯恩太太一定有什么问题，真是令人替她感到难过，她一定是视力不好。那群狗并没有去纠缠她，而是对她视而不见，好像她不存在一样。伯恩太太的女儿和凯特同班，她曾经邀请凯特到她家里玩耍。凯特发现即使是伯恩太太自己的孩子也对她视而不见。她就像一个影子一样，神情紧张地从一个房间冲到另一个房间。他们房里的地毯黏糊糊的，而且家里没有伯恩先生。凯特猜想，也许在一次清理掉自己鞋子上从地毯上粘来的黏糊糊的东西后，他再也不想让鞋子粘上这些东西了，于是，他离开了可怜的伯恩太太，让她自己依然生活在这黏糊糊的屋子里。

金属椅子和教室地面之间发出的尖锐刺耳的摩擦声，让凯特很难把注意力集中在面前的课本上。时间是星期二下午两点四十五，周二和周四的下午上数学课，而且整个下午都上，或者说曾经都上。大约三个月前，这两个下午的数学课被取消了，于是凯特总是在这两个下午感到无比的失落和绝望。二月的时候，凯特就已经学到了《趣味数学》第四册的第三十一页，使她第一次认识了角度和方位角。《趣味数学》选用了一幅图片故事来解释这个问题，图片里描绘了一座机场塔台，以及各种寻求降落的飞机。凯特花了很长时间来了解这些内容，她有足够的时间：她和帕蒂·赫雷的成绩比班里其他人都要好得多。

所以，她花时间想尽力弄明白这些微微凸起的圆形符号、虚线、随机数等到底是什么意思。它们晦涩难懂，但凯特并不急着向芬尼根夫人求助。

大约一个小时过去了，在这一个小时中凯特尝试着对这些数据列出了各种可能的解释。帕蒂·赫雷碰了碰她的胳膊肘，告诉她自己也被第三十一页的内容难住了，凯特此时已经在这一页的边上画满了计算公式。她们开始交头接耳，小声交换着解答意见。直到下午两点五十五，她们仍无计可施，凯特举起手要求芬尼根夫人来帮她们解答。

三个月时间过去了。凯特和帕蒂依然为三十一页的题目所困扰，但和以往不同的是班里其他同学也都学到了这一页，并且被这里的题目难住了。就在上个星期，班上最笨的男孩马克·麦格拉斯也已经跌跌撞撞地学到了这一页，结果，他发现原来全班同学都卡在了那里等着他。

虽然芬尼根夫人根本不适合教小孩子，但她其实是一个很不错的数学家。在凯特第一次要求芬尼根夫人帮他们解答第三十一页的内容时，芬尼根夫人就相信自己已经竭尽所能，对角度和方位角进行了一个简练而又清楚的解释。但遗憾的是，凯特和帕蒂对于她给出的研究生水平的讲解只字未懂。在接下来的几个星期里，越来越多的学生开始举手询问第三十一页上的内容，而每次她那些完美的解释换来的只是一张张茫然的面孔。芬尼根夫人的热情被一点点浇灭了，直到最后她彻底放弃了解释。在接下来的两个月里，如果任何人愚蠢地敢于表示他们对三十一页的题目不明白，他们得到的答案只会是一句死气沉沉的话："哦，自己解决吧。"偶尔会有一两个脸皮稍厚点的聪明学生认为自己已经解开了这个谜底,于是他们会到芬尼根夫人那里提出自己充满了漏洞的理解,结果只能是在芬尼根夫人冷冰冰的凝视中灰溜溜地离开。

凯特正在考虑是否要为自己的侦探社配备无线对讲机。配备这种设备的好处很明显——对讲机很神奇,而且毫无疑问,它是世界上最具有神奇功能的工具。每次一到出售对讲机的商店,凯特就会难以控制地盯着装有对讲机的盒子至少看上半个小时,这个时候,她的内心总是充满了难以抑制的兴奋。盒子上面画着一个手拿对讲机的孩子,以及一些从听筒延伸出的弯弯曲曲的线——这些线代表了静电信号、声波,它们代表了魔力——还有同样歪歪曲曲的一句话"听明白了吗?完毕。"凯特对这种设备已经完全痴迷了,她对一部对讲机的渴望就如同其他女孩子对拥有一匹小马的渴望一样。当然,其中的弊端也是显而易见的:米基不会说话,它也不能拿东西。对米基而言,对讲机一点用也没有,它一点也不神奇,只不过是一个必须由凯特用胶布粘在米基脑袋上的笨重的塑料疙瘩而已。凯特叹了口气。忽然,她发现特雷莎正在看《趣味数学》的第六十三页,心里猛然一惊。自从特雷莎与班上所有同学划清界限,并且以打嗝这样恶心的动作来应对所有的事情后,凯特就一直不愿主动和她说话,但当看到她直接跨越到了令大家都可望而不可及的第六十三页时,凯特还是被她这种疯狂的举动彻底激怒了。

"芬尼根夫人说了,我们不可以跳过第三十一页。我们必须在继续下面的内容之前自己解决三十一页的问题。"

特雷莎皱着眉头看了凯特几秒钟,一言不发,然后继续埋头看自己的书。

凯特又说道:"特雷莎,你不能想看哪一页就看哪一页,你得按顺序来。如果像你这样看书,我现在早该看到一百页,甚至更多。"

特雷莎抬起了头,这次显得极不耐烦。"是的,但你不能,你可以吗?因为你依然被那些她没有解释的内容所困扰,而我不需要她——她什么也教不了我。"

"你会被她逮到,她又会暴跳如雷的。"

"她怎么逮到我呢?她已经一动不动地坐在自己桌前几个月了。她是个没用的家伙,我看出来她已经没招了。她会冲着我大喊,但那和以前不一样。她彻底完蛋了。不管怎样,我并没有跳过那一页,那些东西难不倒我。"

凯特呆坐了一会儿,努力让自己平静下来,不要上了特雷莎的当。她知道,这肯定又是特雷莎某种可怕行为的开始,但凯特不会轻易向她屈服的。"让我看看你在第三十一页都写了些什么。"

特雷莎把练习册翻到前边,凯特坚信那一页上面肯定已经被画得乱七八糟了——她真的认为特雷莎肯定是那么做了。但是相反,凯特看到那一页上的题目全部做完了,而且字迹很工整,空白的地方还写着一些推算过程和注释。

凯特仔细审查每一个地方,想尽力找出特雷莎所犯的任何一个愚蠢的错误。在她看的时候,特雷莎开始向她讲解自己是如何做的。"如果你把一个圆想象成一个切成了三百六十片的蛋糕……"在接下来的二十分钟里,特雷莎完美地对凯特一直想理解的角度和方位角以及其他三角函数中的核心概念进行了清晰而又详尽的解释。

9

期中假期的星期一早上，凯特召集米基开会，重新考虑猎鹰侦探社的方针策略。她开始怀疑绿橡树购物中心是否真的会有大事情发生，而且她一直忧心忡忡，不知如何才能为侦探社打开名声。凯特在转椅上转了一圈又一圈，以此来帮助自己思考。米基斜靠在打字机上注视着凯特。

"米基，我们得破个案子，那是侦探们的工作。"凯特说过之后再次陷入了思考。投入大量时间是最基本的，但一个优秀的侦探还必须依靠自己的直觉。凯特的直觉总是告诉她，绿橡树购物中心将有重大事件发生，足以让她这个侦探声名鹊起。但现在，她开始担心自己的直觉或许是错的。

凯特打开自己的记事簿，发现有关绿橡树的内容只有薄薄的几页纸——怀疑，推测，但没有真正的嫌疑犯出现，没有证据，也没有犯罪发生。也许，那里四处走动的保安和安装的摄像头让猎鹰侦探社没有了用武之地吧。

错误的地点，错误的时间——这两句话开始不断萦绕在凯特的心头。

或许在周边的左邻右舍之间开展活动就能给自己带来更大的收获,或许犯罪活动就发生在自己家门口,而自己每天都与它们擦肩而过。凯特总是很警觉,她把左邻右舍发生的点点滴滴都记录在了记事簿上——但或许现在是改变侦探社策略的时候了。

又在转椅上旋转了个把小时后,凯特拟定了一个新的方案。在接下来的四个星期里,猎鹰侦探社将把注意力平均分配给周边和绿橡树购物中心。四星期后,她会把记事簿从头到尾审查一遍,侦探社将把全部注意力都放在最有可能发生犯罪事件的地方。

有了新的方案,凯特决定立即将它付诸行动。帕尔默先生的一个报童打电话说自己生病了,不能上班。于是,凯特请求帕尔默先生让自己顶替那个报童来送一个下午的报纸,这对凯特来说可真是一个难得的机会,她可以借此近距离地对附近的居民们进行实际监控。帕尔默先生有点拿不定主意:凯特太小了,干不了这活,而且这也不是女孩干的活。他不确定凯特的年龄是否适合做这份工作,她太小了。而阿德里安偏偏在这个时候也病倒了,帕尔默先生没有选择的余地。

凯特把米基和所有的《晚间邮报》都塞到大包里,然后就出发了。所有的东西加在一起有点重,这让凯特走起路来微微有点摇晃。她首先到一排市建住房那里去分发,那里每一栋房子前面都有一个小花园,它们干净、整洁且各具特色。有的里面摆放了一张长凳,有的建了一个许愿井,还有的修了一个小池子,上面有一个在钓鱼的红脸守护神。日光斜照下来,空气中弥漫着热沥青的味道。凯特来到每一栋房子前,她都会尽力推测有关这家住户的所有信息。她来到的第一栋房子门上写着一句话："别介意我的狗，当心我老婆。"凯特在心里默默记下，里面住着的是那种神经不正常的人。第二栋房子的标牌让凯特看了很久，但她始终一头雾水。标牌上写着"小贩、推销员禁止入内"。最后，凯特把它记在了自己的记事簿上。她猜小贩可能是某种比较大的鸟——也许这里的房主不想让它们吃掉自己的花草或小猫。

第四栋房子外面加了一个门廊。门廊的门上没有装信箱，一阵费解之后，凯特意识到必须打开外面的门去到里面原来的那个门那儿，信箱应该装在那个地方。凯特觉得修这么一个门廊毫无意义，她不明白这些房主一旦开始添加一道又一道门，怎么才知道门添加到什么分上才够。她想象着在这花园的小径上修着一道又一道前门，送信的人必须挨个穿过它们，最后才能把信塞到信箱里。她打开外面的白色塑料门，发现门廊里摆满了鞋子和外套。她缓缓地摇了摇头，对米基大声说道："这里的人需要我们，米基。不锁门，还到处乱放东西，就等于招惹犯罪。"她在记事簿上记下，等猎鹰侦探社的名片印好了，就从这家的门下塞一张进去。

沿着这一排房子凯特发现了越来越多的门廊，它们每一个都自成一个小天地，都透露着关于房主的各种信息。有些里面放着整洁的桌子，上面摆着鲜花；有些里面放满了维多利亚风格的洋娃娃；有的里面胡乱放着儿童脚踏车和滚轴溜冰鞋；还有的里面弥漫着番茄汤的味道。凯特不时地停下来，在记事簿上记录每一种情况。她在记事簿上草草记下对住户们情况的推断，然后决定在阿德里安回来上班后要把记录的所有的内容都读给他听，好让他知道自己有多周密。凯特急切地想告诉阿德里安，三十二号住户一定是一个绑匪，因为她在门廊里看到了撕碎的报纸和密封管道用的塑胶带。凯特走完这一排房子时看了一下电子表，她惊讶地发现自己花了一个半小时竟然才给三十家送了报纸。她得加快速度了。

下一站是特拉法尔加大厦，那是一栋二十层的公寓楼，与其他高层公寓楼离得较远，就像一个守卫着住宅区入口的哨兵。大楼的影子投射在凯特学校的操场上，在过去几年里，凯特已经学会了在不同的教室根据操场上阴影的位置来判断具体时间。她依然记得上幼儿学校一年级时孩子们曾经有过的一个短暂的迷信，那时班上的每个人都相信这栋楼二十层的一间公寓里住着一个鬼。每次课间休息时，他们会蹲在地上，仰头看着远处那扇没有窗帘的窗户，偶尔会有一个同学发出尖叫，告诉大家他们看到了那个鬼，然后操场上所有人就一哄而散。凯特从没有看到过那个鬼，虽然只有五岁，她还不确定自己是否相信鬼的存在。但不管怎样，她也和其他同学一样，一直在观察着。凯特喜欢这么做，她不喜欢其他女孩子课间时玩的游戏——跳绳。

虽然时常站在特拉法尔加大厦的阴影里，但凯特从未真正进过这栋大楼。现在，她走过大楼前面空荡荡的操场——凯特有时候喜欢到这儿来吊在攀缘架上想事情。操场一直深深地笼罩在大楼的阴影下，绕着大楼旋转的风呼呼刮个不停，让人总是感到有点冷。凯特来到大楼的前门，根据帕尔默先生的指示，按了一下写着"商业"字样的按钮。门开了，凯特闪身进了大楼。楼里面光线有点暗，凯特看到大厅里有两台电梯，并且闻到大厅里弥漫着一股自己从未闻过的味道。大厅有点像游泳池，又像一间空教室。这里的气味带着一丝忧伤。

帕尔默先生事先已经安排好了顺序，所以，凯特会从大楼的最顶层开始,然后顺着楼梯到达每一层。她按了一下电梯按钮,很快,一缕昏黄的灯光透了出来,电梯门开了。这里的电梯不是绿橡树购物中心那种闪亮耀眼的玻璃电梯,它的里面是一层陈旧的金属,上面还写着许多名字和话语。凯特感到很失望。她记得在很小的时候曾经和爸爸一起看过一个节目,节目里讲述了一个女孩和她的宠物老鼠和狗住在一栋公寓楼里。每天她去搭电梯的时候,那只老鼠就会跳到狗的鼻子上去按她要去的楼层的按钮。凯特很喜欢那个节目,她曾经希望自己也能住到一个带电梯的公寓楼里去。但现在,当她看着电梯按钮上的香烟烫痕,并且竭力想躲开角落里的脏水时,她怀疑,也许节目里的那个女孩根本就没有那么幸运。

凯特从二十层开始,逐层向下干着自己的工作。她在这里几乎没看到任何有生命的东西,她所能收集到的线索只有空气中食物的味道,以及掀开信箱时听到的电视声音。在这儿,没人在自家门外摆放鲜花或守护神,似乎也根本就没有人使用他们的前门。凯特怀疑他们是否离开过这栋大楼,或者他们是否会花时间等着像凯特这样的人给他们送来邮件。她想象着这里的人们捡起自己从门下塞进去的报纸,然后通过阅读这些报纸来了解这个他们从未接触过的世界。忽然,凯特第一次觉得她的同学说对了,唯一不同的是这里不仅仅只有一个鬼,而是有很多,每一个房间里都有。他们穿越墙壁,使用他们留在电梯里的那些奇怪的语言和符号进行交流。

再次回到阳光下,凯特向那片廉租房走去,剩下的报纸全部要送到那里去。廉租房那里的情形与特拉法尔加大厦相比反差极为鲜明。人们坐在家门外街区之间的草地上,而孩子们也在外面四处撒欢儿。凯特认出这些孩子里有些是她学校的，所以当她背着邮包从这些孩子旁边经过时，凯特感到有点难为情。她微笑着和他们打招呼，并与他们互相招手致意。但她不好意思拿出记事簿，把自己看到的情况记下来。她轻轻地把米基又向包里塞了塞，以免他们看到它。凯特意识到自己最喜欢绿橡树购物中心的原因之一就是在那儿没人认识她。在那里，她不再是班上那个文雅的女孩，也不再是一个没有爸爸妈妈的孩子，她是一个侦探，一个隐形的、在商场里四处游荡、发现一些被别人忽视的事件的侦探。

凯特满脑子想的都是和犯罪活动有关的事情，没有注意到那三只狗已经跟着她来到了安静的方院里。凯特本打算从那里抄近道，直到其中一只狗开始吼叫，她才转过身看到了它们。这些家伙的舌头耷拉在外面，眼睛死死盯着凯特。凯特告诉自己，千万不要露出害怕的样子。但是她的腿一点也不听使唤，一看它们，她就开始飞快地逃跑。三只狗追在她身后，疯了一样的吼叫。凯特背着沉重的邮包，根本跑不快。她没来得及多想就从包里拽出了米基，然后把报纸连同包一起向身后扔去。三只狗立马停了下来，它们用鼻子在包上嗅来嗅去。这给了凯特数秒钟的时间，让她能够将自己逃跑的速度提升到从未有过的程度。她一路逃进一栋大楼底部的垃圾回收站，在疯狗还没冲进来之前"嘭"的一声关上了大门。疯狗们在门外高高跃起，狂吠不止。凯特抱紧米基，靠在发出恶臭的垃圾箱上，隔着门看着外面的狗。她似乎有点喘不上气来。她的胸口有点难受，泪水刺痛了眼睛。她心里想，这真是错误的地点，错误的时间。

她将脸贴着米基蓬松的脑袋，在它耳边气喘吁吁地小声说道："我们得把策略改回来，把所有的资源都撤回到绿橡树购物中心。"

10

在接下来的几个月里,每天从午饭时报纸销售高峰期过后一直到开始送晚报之前这段生意惨淡的时间里,阿德里安和凯特都会在一起假设一些有关顾客们的耸人听闻的故事,以此来打发时间。他们喜欢想象出各种不同的人物,并且把经典侦探电影里的情节套在那些穿着夹克每天来店里买草本精华片和《人民之友》杂志的顾客身上。

阿德里安:你注意到没有,戴尔太太很久没到这里来了。

凯特:你怎么看这件事?

阿德里安:嗯,昨天戴尔先生来买一磅特罗奇糖块时,我看到他拖着一个笨重的行李箱。

凯特:是吗?

阿德里安:千真万确。当问起他太太的近况时,戴尔先生回答说——原话是这样的——"她到雅茅斯她姐姐家去了。"

凯特:他们总是这么说!

阿德里安:这很有意思,不是吗?我们以前从没有听说过她还有"姐姐",也没有听说过雅茅斯这个地方。

凯特：不只是有意思，这令人怀疑。

阿德里安：我正是这么想的。所以，我随口又问他："那你呢，戴尔先生，你不去那里和你太太待在一起吗？"

凯特：问得好，阿德里安。

阿德里安：没错，我也认为这个问题问得不错。

凯特：然后他怎么说？

阿德里安：他说："是的，我正要动身去那里，所以我提着这个行李箱。我来这儿是为了取消我订的报纸。"

凯特（停了一会儿）：他很聪明，不是吗？

阿德里安：他坏透了。

凯特：先干掉自己老婆，然后再取消报纸，冷血的戴尔先生。

他们把住在肖威尔花园四十二号的杰克逊先生称为"无情刺客"，因为他总穿着干净的短大衣，戴着皮手套。珀洛克先生每天早上会把自己的美洲虎汽车停在外面，然后走进来买报纸，他们称他为"侵吞公款的绅士"，因为只有他一个人买《金融时报》。契特罕姆大街的凯尔文·奥赖利是"打手"，因为他块头很大，而且不很聪明。

在阿德里安看来，任何到店里来买巧克力酸橙的人都是杀手，因为他自己不喜欢那种甜味，而且他相信，没有哪个守法的人会喜欢这种酸甜混合在一起的不正常味道。"他们已经违背了社会规范，凯特。他们的道德指向标已经完全紊乱了，对他们而言事无不可。"另外，阿德里安还恶毒地把那些来买黑巧克力的顾客说成是"有着邪恶嗜好的人"。

尽管凯特总是竭力依据实实在在的证据才怀疑某个人，但她还是会情不自禁地对那些来买基因虾口味薯片的人产生怀疑。不过，她和阿德里安一致认为那些来买雀巢奇巧脆心巧克力的顾客通常应该是这个社会里积德行善的人。

阿德里安午饭通常吃得很晚，要在帕尔默先生下午三点左右吃完了饭后，他才会开始吃午饭。如果那个时候凯特已经放学，而天气也还不错，他们俩就会一起到运河边走走。无论周围的环境多么适合谈论谋杀或者犯罪活动，他们都会坚持一条原则，那就是不在商店外面说任何和这个话题相关的事情。

一天，凯特问阿德里安："你会离开商店吗？你会不会有一天到城里去找份工作？"

"我不知道。也许会吧。我总是尽力不去想这个问题。"

"但你爸爸总是需要帮忙，不是吗？我是说，他得到批发商那里去进货，那个时候谁来照看商店啊？"

"喔，我想他会找个伙计来给他打下手吧。"

"他不会让你妹妹来吧？"凯特有点害怕阿德里安那个整天板着脸、只会胡言乱语的妹妹。

阿德里安笑了起来。"我想她不会到这儿来的，她干不了这活。她整天就忙着摆弄那些从布茨化妆品店里买来的各种啫喱膏，然后不断地盘问我喜欢什么样的音乐。我想我爸爸并不想我俩中的任何一个在这里工作。他不明白，为什么这些年来他投入这么多让我接受教育，结果却让我在这里卖薄荷糖。"

"是他要你来这儿的。"

"没错。"

"你总是按照你爸爸的要求做事吗?"

阿德里安叹了口气,说道:"不,不是的。但这是他的商店啊。"

"你平常是不是觉得他知道什么对你才是最好的?"

"我不知道,凯特。对不起,在这件事情上我真的没有什么好主意。我只是在混日子,我很乐意待在这儿,但我爸爸不喜欢我待在这里。"

凯特向运河里丢了一颗石子。"我想,有时候大人们……唔,我知道你已经是大人了,但我要说的是爸爸妈妈们——或者外婆们——他们认为他们知道什么对自己孩子才是最好的,可实际上他们不知道。事实上,他们的主意经常很糟糕,而孩子们能有更好的想法。但这不管用,因为祖母或者别的什么人是大人,他们可以替孩子们做出选择,哪怕这种选择让年轻人非常非常不开心或者非常痛苦。"

凯特停了一下,好像她已经说完了,但她又继续往下说,头扭向一边,不看阿德里安:"比方说,我给你举个例子……"阿德里安听到凯特的声音有点颤抖,"就像我外婆,或许我不应该这么叫她,我该称她艾薇。艾薇说明年年底我得去雷德斯波恩。"

"那所寄宿学校?"

"是的。她说那里招收聪明的孩子为免费生——这是个机会,我不想和她住在一起。她说她不能很好地照顾我,所以我告诉她,我不需要她的照顾。我自己会做吐司面包和意大利面,我也会用洗衣机。而她又说我需要和同龄人待在一起,但我不喜欢那样。"凯特的声音有点低落,"我真的不喜欢总是和那些同龄人待在一起,他们整天什么也不做——只会看电视……而且……而且我也说不清他们是否喜欢我,因为我总是跑不快。我想他们有些人也许认为我很怪。我很喜欢放学那会儿，这样我就可以干我的侦探活儿了。我试着把这些告诉我外婆，我告诉她我是怎么侦破案子的，爸爸就希望我这么干，他总是希望我能成为一名侦探，而不是到离家很远的愚蠢的学校去上学。爸爸从不会让我远离他的身边。"

阿德里安递给凯特一张纸巾，但凯特仍然没有看他。

"她说我不应该老是到商店里去烦你。她说我在你眼里是个令人讨厌的家伙，我没有自己同龄的朋友，这是很不正常的。她说你可能只是同情我，你认为我是一个古怪的家伙。"

阿德里安跪在地上，他把凯特的头转过来，让她看着自己。"不要听她胡说，凯特。你一点都不讨厌，你也不古怪。你是我的朋友，每天下午如果让我一个人待在店里，我会发疯的。你身上的优点比别人多得多。我很佩服你，凯特，真的。看着我，我二十二岁了，却一事无成，也无处可去。你才十岁，但你就像辛勤的小蜜蜂一样，总是四处忙碌，总是制定某种方案或计划，总是有事可做。你让那些大人们看起来一无是处。你的年龄不是问题，不管你是八十五岁还是二十五岁，我都会是你的朋友。你比我们其他人都聪明，你外婆应该为你感到骄傲才对。"

他们接连几分钟互相默默地注视着对方，一言不发。

凯特看着阿德里安，说道："我不会到那所学校去的。"

11

凯特和特雷莎一起坐在拉姆西公寓的水泥台阶上。她们面前的那块毛玻璃碎了,所以她们可以很清楚地看到对面查特威公寓三楼的楼梯平台。

"你知道住在二十六号的那个留着深棕色头发的男人吗?"特雷莎问凯特。

凯特对于住在那个街区的人一无所知,但每次特雷莎向凯特讲起她那些邻居时,就好像凯特本来就很熟悉那些人以及他们的行为方式一样。凯特喜欢这样。

"他是个无业游民,留着长长的深棕色头发和大胡子。他整天坐在小山丘上,从一个袋子里拿橘子皮吃。他能预知未来,他总是预言我会发生什么事,他知道你的一切,很久以前他就跟我说过你。"

"他都跟你说了我什么?"凯特很好奇。

"他让我发誓不可以泄露出去的。"

凯特只好不再问了。和特雷莎聊天一向如此,从没有直截了当过。她总会留下一些谜团,凯特对此并不反感。"谁住他隔壁?"

"一个爱尔兰人，名字叫做文森特·奥哈诺拉罕。他说话带着很重的爱尔兰口音，你只有闭上眼睛才能明白他在讲什么。他老是穿着很紧的裤子。我去过他家，他站在窗边看到我，于是就招手让我去做客。我到他家后，他给了我一块紫锦葵椰松夹心饼干，但他不把那个称作饼干，他把它叫做金柏莉。我告诉他，金柏莉是个女孩子的名字，他说他从来没有遇到过叫做金柏莉的女孩子。然后，他问我叫什么名字。他的房间里到处是圣母玛利亚和耶稣的图片，并且他的厨房闻起来有股泥浆味儿。我告诉他，我的名字叫做特雷莎，他一听到我的名字，就开始哭了起来。他把头放在桌子上，哭个不停。我吃完了饼干，然后就离开了。"

凯特凝视着特雷莎，她不知道特雷莎说的话有多少是真的，又有多少是假的。她原本已经开始相信特雷莎所说的都是真的，她起初认为发生在特雷莎身上的必然会是一些奇闻逸事。凯特又回过头看着对面的楼梯平台。"快看——那个房间里的人在看电视。"她感到很吃惊，居然有人会在这样一个阳光明媚的白天待在家里看电视。

"那是弗兰克斯夫妇，整个街区就数他们年龄最大。弗兰克斯夫人一天到晚把电视音量开到很大，她老是裹着一张自己织的针织毯，那上面有五颜六色的格子。弗兰克斯先生告诉我说，那张毯子是弗兰克斯夫人年轻时织的。他说他一直不知道弗兰克斯夫人为什么要织这张毯子。有时候，弗兰克斯先生会和我聊天，或者给我十便士让我去买糖吃，并说我是个好孩子。他会冲着我和蔼地微笑，他的眼睛里充满了柔情。而有时候，他又会叫我脏兮兮的小黑鬼，或者丑恶的混血儿，他让我赶紧回到荒蛮的丛林里去。"

凯特和特雷莎互相看着对方，然后两人忽然开始大笑起来。

让芬尼根夫人感到惊讶的是，凯特和特雷莎开始相处融洽起来。自从《趣味数学》事件后，凯特开始看到了特雷莎不为人知的一面。她发现特雷莎在班里感到非常无聊。特雷莎每次都知道答案，但她从不举手回答；她会时不时神情漠然地盯着凯特的脸；在别人绞尽脑汁却始终计算不出正确答案时，她却在书上乱涂乱画；凯特还看到，芬尼根夫人望着特雷莎时眼神仿佛特雷莎是被她踩在脚下然后随她的鞋子一起进来的什么东西。她已经开始明白为什么特雷莎行事会如此疯狂了。

起初，凯特曾有点愤世嫉俗，不喜欢和人打交道。当发现特雷莎并不完全是个疯子时，凯特便邀请她到自己家里做客。她想，如果艾薇看到自己有这么一个广受欢迎的同龄朋友，那她可能不会再要求自己去雷德斯波恩寄宿学校了。但特雷莎有着许多稀奇古怪的故事和疯狂的想法，而且她似乎也和凯特一样，大多数时候都是独自一人四处乱跑。凯特没有让她看自己的办公室，也没有告诉她关于侦探社的事情……但凯特想，或许有一天自己会告诉她这一切。凯特发现，特雷莎在监视人方面很有天赋。

水泥台阶坐久了让人感到很不舒服。于是，她们离开了大楼，走到了下午暖洋洋的阳光下。有人在播放阿尔西亚和唐娜[①]的歌，音乐声不断地回荡在空旷的大街上。她们穿过两栋房子中间宽阔的草坪，从儿童攀援架旁边经过，在那儿她们看到一个小孩儿被卡住了，正在

[①] 阿尔西亚和唐娜，来自牙买加的雷格音乐二人组合，一九七七年开始走红。

哭喊着求救。

她们离开了小区,穿过铁路大桥,沿着一堵破旧的快要垮塌的砖墙向前走去。走了大概有几百码,墙上出现了一扇绿色的小门,过了小门,她们来到了圣约瑟夫公墓。教堂和墓地位于一个陡峭的斜坡上,教堂在斜坡的半中间。从斜坡的顶端有一条小路蜿蜒而下,直达教堂,公墓的大门口也有一条大路通向那里。教堂的四周全是坟墓,零零星星地分布在斜坡上——其中许多墓碑已经歪歪斜斜地倒在了旁边的杂草丛中。

这里的坟墓都历史久远,它们的时间可以从这个世纪之交一直追溯到二十世纪五十年代。为数不多的新坟墓都集中在祭坛后面专门为教区的孩子预留的一小块区域内。与那些快被杂草和苔藓湮没的墓碑不同,这些坟墓的墓碑是黑白相间的大理石做的,远远看上去熠熠生辉。墓碑上刻着金色的碑文,死去的孩子微笑着的照片被做成椭圆形贴在上面。这些墓地前总是摆放着一些鲜花,还有石刻的泰迪熊以及褪了色的洋娃娃。韦恩·威斯特的墓就在其中,凯特依稀记得他曾是自己在幼儿学校一年级时的同学,他不知怎么把自己的头塞进了一个塑料袋里,结果窒息而死。学校每年的祈祷会和弥撒都会特别纪念他,然而,凯特始终怀疑这个男孩是否真的是这样死的。这似乎是一个很省事却又具有告诫作用的故事。凯特猜想,有一天,老师们或许会向所有同学介绍某一个失明的孩子,并告诉大家就是因为有人用加了石块的雪球砸他,才导致这个孩子永远失去了光明。学校里就曾经提到过一个只有一只脚的男孩儿,说他的另一只脚就是因为在铁轨上玩耍而被火车轧断的。凯特对于其他学校的老师印象极其糟糕,因为他们到医院里去争夺那些受伤的孩子,然后把他们变成一系列儿童行为不当的典型。"我招收了一个截瘫的小女孩,可以把她树做反面典型,来教育学生们上课不要向后靠在椅子上。""这个几乎失明的孩子是很好的例子,用来做宣传真是再好不过了。"

特雷莎似乎经常花很多时间待在这个公墓。她喜欢这堵被风雨严重侵蚀的砖墙,它隔断了这里与外部世界的联系,使它自成天地。那座教堂和周围的坟地与凯特所住街区的房子一样年代久远,那些房子的四周被新的死胡同和住宅区里的小路所环绕,从而形成了另一个小小的孤岛。但是,在这块墓地里,没有人会打扰你。没人会在周一至周五到这里来。牧师开着他那破旧的沃尔沃汽车来来往往,从来也没有注意到特雷莎就坐在砖墙的阴影里,反复琢磨着那些干枯的落叶上呈现出来的精致纹路。

今天,她们坐在卡尼家坟地旁一棵七叶树下。卡尼夫妇和他们的三个孩子死于一九一四年的一场大火,他们最小的女儿缪丽尔在那场大火中存活了下来,一直到一九五七年才去世。她丈夫威廉对她关爱有加,一刻也没有忘记她,只是周围根本见不到他的踪迹。特雷莎起身走到一片灌木丛旁,在那里摘了一些很小颗的红色浆果。

"不要吃那些果子,"凯特说道,"它们可能有毒。"

"它们的确有毒,"特雷莎回答道,"但少量的果子并不足以致命。我不会吃的。"

"那你为什么要摘这些果子?"

"因为它们可以让人的胃绞痛,并且会损伤人的牙龈。"

凯特等着特雷莎做出更多的解释,但她只是继续摘那些果子,并把它们装进自己的短裤口袋里。

凯特想了一下，问道："你要用它们来帮助你逃学吗？"

"我想什么时候不去学校就什么时候不去，任何时候我都可以到这儿来待着。"当口袋装满后，特雷莎挨着凯特坐下，使劲儿扯身边的杂草，"这是给我爸爸的——他不是我爸爸，但我必须称他作爸爸，我喜欢给他做东西吃。"

"什么东西？"凯特又问她。

"能使他受伤的东西，能让他生病的东西，能让他卧床不起，离我们，离我妈妈远远的东西。他对我说，'给我搞点喝的，我快渴死了。'于是，我就去给他泡一杯清凉的'提神晶'——就是那种能够让你精神振奋的柠檬茶饮料。他喜欢那玩意，而且喜欢在里面加很多糖——那是'很甜的柠檬水'，他就像个孩子那样急切。于是，我就放一满勺'提神晶'，满满两勺柠檬味的地板清洁剂和三勺糖，他会把它喝得干干净净，就像几个月都没喝过水一样。"

"你在给他下毒！"凯特惊讶地低呼了一声。

"我没给他下毒，我只是在遏制他，我喜欢每个月遏制他一两次。让他待在房间里，这样我们可以喘口气儿。他早上喜欢吃抹了果酱的蛋糕，要把蛋糕的一半都额外抹上果酱。一大早，他就会在床上叫我：'我的早餐呢，丫头？'你瞧，我现在可以在他额外的果酱里加点额外的果子了。"

"但他没有病得很重吗？"

"我们听到他在卧室里大喊大叫，捂着他肥大的肚子在床上滚来滚去，那时我们会打开电视机，把声音开大点。妈妈带他去看医生，医生说他得了消化道溃疡，病因就是他喝的这些东西。医生有点蠢——他想要他去死——医生都不喜欢住在我们那个社区的穷人。妈妈对他说：'卡尔，求你了，别再喝那种饮料了，你会送命的。没有你我们可怎么办啊？'结果，他冲着我妈妈大打出手，打断了她几根肋骨。所以，我现在给他做点别的东西。"

凯特沉默了一会儿，然后问道："你不会杀了他，对吧？否则总有人会发现的，那些侦探们会了解到真相的。法院会对你进行起诉，他们会找人验尸，并且最终找到你杀人的证据。他们将会判断这是一起谋杀，然后把你送进监狱里。"

"我很喜欢这个地方：安静，安全，也没人打扰。可我只要待在家里，就会把电视声音开到很大。我唯一所想的就是怎么样能从那个家里逃出来。我老是偷偷摸摸地把自己藏起来，让他逮不着我——他已经有几个月都没逮到我了——但我知道他一直想抓到我。如果他再打我，我就杀了他，然后把他的尸体扔进垃圾堆。"

12

绝密。侦探日记。

为凯特·米尼侦探所有

八月二十四日，星期五

今天根本无法在公交车上进行任何监视，因为"疯子艾伦"就坐在我旁边。他给我看他收集的公交车票（全部是四十三路车的），并且问我是否相信耶稣就是救世主。我告诉他，没有足够的证据来证明这一点。

再次看到了那个推着空折叠婴儿车的女人，今天她出现在儿童游乐场附近。

八月二十五日，星期六

阿德里安让我测试一下商店里新买的录音机效果如何。音质有点不稳定——把它放在我的帆布包里后声音有点不清楚。霍尔太太索要"猜球位游戏"赠券①的声音和威克斯先生抱怨小区里到处是狗屎的话都被很清晰地录了下来，而后有很长一段话模糊不清，只能勉强听到"他受不了锦葵的味道"这样的只言片语。不知道到了绿橡树它能否帮上很多忙。

八月二十六日，星期天

一个走路一瘸一拐的高个子男人鬼鬼祟祟地在伊文思家后门口活动。

我看到他在后门口站了大概二十分钟，然后冲着后窗一遍一遍地低声喊着"谢莉"。伊文思太太出现在窗口，给这个男人扔下来一把钥匙——他从后门进入了房内，然后就没再看到他。阿德里安建议不要把这件事告诉伊文思先生……他说这是一起风流韵事。

八月二十七日，星期一

今天下午我到沃特金先生的肉铺去了。我发现，当店里没有顾客的时候，沃特金先生不断地用鼻子去闻那些肉——他把所有可能会有味道的肉都挂到了柜台的前边。沃特金先生发现我正在看着他，于是不厌其烦地向我解释什么是"存货周转"——非常有趣。

八月二十八日，星期二

今天我去了公墓，在那里向爸爸讲述了我最近的工作。公墓里真的很安静。今天没进行任何监视。

---

① "猜球位游戏"，英国报纸促销的手段之一，参赛者观看一张图画，根据图中运动员的位置和动作来猜球应该在图中什么地方，猜中者可以获得订报赠券。

八月二十九日，星期三

再次去了沃特金先生的肉铺——但是那里依然没什么顾客。我看到沃特金先生藏在柜台后面的老鼠药的包装和他用来做"特制炸肉饼"的调味料包装是一样的。另外，还发现沃特金先生似乎有点近视（开始他以为我是卡恩太太）——现在我很担心沃特金先生可能会犯下谋杀罪。

八月三十日，星期四

今天一个皮肤黝黑，身材矮胖的女人站在塞缪尔百货绿橡树分店外，盯着橱窗看了四十五分钟，她难道只看不买吗？

八月三十一日，星期五

我把自己对沃特金先生的担心讲给阿德里安听，但他告诉我说不会再有什么人到沃特金先生那里去买肉了，所以没什么好担心的。阿德里安说，那家肉铺顶多也就是满足沃特金先生的个人爱好罢了。他还说，有时候沃特金太太会央求自己的朋友到店里去买肉，但她会私下里把买肉的钱还给朋友们，并且告诉她们可以直接把肉扔进垃圾箱里。这是发生在我眼皮子底下的阴谋活动。

九月一日，星期六

绿橡树购物中心：今天在那些银行外面监视了两个小时，没什么值得关注的，只看到一个矮个子男人在走路时丝毫没有察觉到自己的鞋子上粘着四英尺长的厕纸。

　　九月二日，星期天

　　今天发现有一个可疑的男人在山斯贝利停车场里四处游荡——不清楚他有什么企图。

13

  凯特对特雷莎有了新的了解，而且对此感到万分惊讶：特雷莎搞不清楚学校里不良行为的等级。她明白某些行为在学校里是不合适的，但她不可能猜测到这些行为之间的关系。她往往要花大量的时间，不断地尝试并且犯下错误，然后才能明白那是何种程度上的坏行为。

  特雷莎已经知道，不管以何种方式对下课铃声做出反应都是不对的。她以前总是一听到铃声就踢开自己的椅子，然后从教室里飞奔而出，盲目地一个人跑到空荡荡的操场上。这样做肯定是不对的。很明显，学校里打铃是为了告诉老师时间，而不是发出学生们玩耍时间的信号。特雷莎原来认为老师们如果想知道时间的话，他们看自己的手表或者挂在教室前边的挂钟要方便得多。但她现在知道了，自己逃出教室的动作要轻一点，慢一点：眼睛要全神贯注地盯着老师，然后再悄悄地把桌子上的书塞进早已准备好的书包里。凯特曾经教她如何来做，现在特雷莎自己已经完全学会了。但即使是现在，在她们即将离开圣约瑟夫小学的最后一年，特雷莎依然还有一点没有明白，那就是听到铃声就往外跑还不是最不端的举动，在桌子上刻自己的名字，或者在达伦·沃尔的粉红牛奶布丁里放虫子才是最糟糕的行为。

就这样，经过了无数次倒霉的尝试和盲目的违规之后，特雷莎终于犯下了学校里最顽劣的过失。在一个天空阴暗，漫天风雨的中午，学生们因为外面下雨只能待在教室里活动，特雷莎又有了出格之举，结果终于明白了什么是最顽劣的过失。这件事带来了没完没了的后果，特雷莎终于明白拿着剪刀四处乱跑是最坏的举动，而拿着剪刀四处乱跑接着又不知怎么刺到了校长的大腿——那就不只是一种恶行那么简单了。

消息很快就在学校里传得沸沸扬扬，而谣言比事情真相传播得更快。在事情发生后的几分钟里，一些胡乱猜测的故事情节开始散播开来：特雷莎·斯坦顿手持斧头；特雷莎·斯坦顿正在用利刃伤人；特雷莎·斯坦顿杀了校长，并且要杀掉其他所有老师。学生们无法判断这种爆炸性消息的真伪，他们只能疯了一样四处绕圈，上蹿下跳，就像风暴中不知所措的小狗。

为了这一事件，学校多次召开了全校师生大会。在第一次集会上，大家终于从校方极不情愿公布的真相中了解到了这一事件的真相，知道造成的伤害并不严重。伍兹先生倒是没有受伤，可他在弗雷泽之家时装店买的一条用料考究的裤子却被划破，"无法再修补"。凯特作为犯罪侦查方面的专家，对于那些给特雷莎定罪的证据嗤之以鼻。伍兹先生在所有学生面前高高举起那条裤子，让他们眯起眼睛好好看看上面的小口子。他一边慢慢地在学生面前来回走动，一边很严肃地说道："想象一下，如果这是你的脸。"有时候为了更加具体一些，他会随便加上一个名字，"是的，凯伦，想象一下，如果是你的脸。"

特雷莎对此困惑不解，她无法相信自己会因为一次无心之过而受到惩罚，她不明白惩罚的目的又是为了什么。

凯特知道伍兹先生是要杀一儆百。在经过一次特别的家长会讨论之后，学校宣布特雷莎将被停学一周。这一周，天气一直很糟糕，所以她也不能到墓地去打发时间。凯特猜想，特雷莎一定只能和她继父一起待在那狭小简陋的出租屋里，她会策划出各种招数来，让她的继父安静下来。与以往任何时候相比，凯特都更期盼着能去阻止犯罪的发生。

14

小区里的攀援架是一个用钢管搭建的圆顶形设施，上面的钢管已经部分生锈。每当有风时，就像今天这样，气流会穿过少了螺丝的孔眼和钢管上的裂缝发出凄厉的呜咽声。凯特喜欢这种声音，它可以帮助凯特思考。她会倒挂在攀援架中间的位置，让头发在红色的地面上扫来扫去。薯片包装袋和购物袋在游乐场四周随风飞舞，风中还夹杂着从附近人家里飘出的饭菜香味以及工厂里散发出的刺鼻气味。

凯特回到了特拉法尔加大厦阴影笼罩下的学校小操场，她的目光扫过大楼的入口处，向上掠过一排排的阳台和阳台上晾晒的衣服，还有一些塑料电动车和正要朽坏的橱柜。楼顶上乱七八糟地竖着一些天线，它们的上空朵朵白云缓缓地在淡蓝的天空中飘过。如果她的腿能克服引力的束缚，那么她就会纵身跃起，伸手去摘下一片雪白的云彩。看着白云在头顶飘然而过，凯特满脑子想着自己在绿橡树购物中心看到的那个嫌疑人。

凯特星期一放学后去了绿橡树购物中心，刚一转弯向银行走去时就看到了那个男人。她敢肯定这就是前几天自己见过的坐在那里的男子。在那之后，凯特就没再看到过他，但她感觉这个人还会再出现，现在果不其然。凯特知道自己总是可以从人的脸上发现一些不一样的东西。她离那男人越来越近，他脸上的五官越来越清晰。她认出了他，内心一阵激动。这个男人的目光穿过购物中心的儿童游乐场，一直盯着劳埃德银行在这里的分行。凯特站在一家房贷合作社的门口，小心观察他的一举一动。这个男人看起来好像正竭力装出一副若无其事的样子。凯特发现了这个迹象，她自己在执行监视任务的时候也总是这么做。这个男人的坐姿很别扭，他一会低头看表，一会又东张西望，眼神里藏着某种东西。凯特小心翼翼地从远处绕了一个弯，然后远远地坐在了这个男人身后的一张长椅上。这是一个犯罪嫌疑人，他出现在凯特一直认为会有犯罪分子出没的地方。凯特很镇定，因为她每次都是有备而来。她知道现在艰苦的工作即将开始，主要是她得进行大量的监视工作。她需要逐步勾画出这名嫌疑人的作案计划。他是独自行动吗？凯特对这一点心有疑虑。她原先认为，单独到银行作案是一种冒失的、毫无希望的行为，是犯罪分子的失策。这个男人看起来不像会这么做。难道他是在给自己的同伙们探路，或者是犯罪活动正在进行中？凯特搞不清楚，但她觉得现在就下结论还为时尚早。她已经观察这里的银行很久了，知道自己以前只是看到过这个男人一次。但问题是，她是多久前见过这个人？

从那天以后，凯特每天都到购物中心去监视这个男人。他总是在下午四点到五点之间坐在银行外面——就在银行要关门之前。凯特放学后直接搭上慢吞吞的公交车到绿橡树购物中心去，她坐在自己最喜欢的专门用来监视的长椅上，大口吃着早上带出来的花生酱三明治。

再过几分钟，那个男人就会出现了。凯特也不清楚哪家银行会是这个嫌疑犯将要袭击的目标，初步看起来似乎是劳埃德银行。他没有做任何记录，也没有拍照。他极为专业，绝不会有任何明显的动作以暴露目标。凯特现在意识到，他只是一个人——没有任何迹象表明他还有同伙儿在周围。

一辆冰淇淋车从购物中心的什么地方穿过，车里播放着英格兰民谣《绿袖》。忽然，音乐停了下来。凯特竭力想在自己的脑海里描绘出那个男人的面部特征，她发现当真的遇到案子时，她那本自制的身份识别书根本就无用武之地。在第一天仔细观察过那个男人之后，凯特急忙跑回家，试着用其他人的五官来拼凑出他的相貌。最后她发现，即使是拼出来的最好的一张看起来也一点不像那个嫌疑人。唯一让凯特感到高兴的是，电视节目《警察故事》中展示的专业的人像拼图看起来也不怎么样。凯特心想，如果谁长了这样一张四不像的脸走在大街上，那还不得把动物园的管理员招来用麻醉枪射他。

下次，凯特想带上爸爸的相机，但同时，她还尝试了画图这种老方法——或者如《如何成为一名侦探》里所称，身份辨识素描。

仔细研究你的怀疑对象，写下你对他的描述。如果有可能，画出他的素描。他是胖子，还是瘦子？个高还是个矮？衣冠楚楚还是穷困寒酸？他有什么明显的特征？记下他穿什么衣服——但是谨记一点：衣服是可以换的，胡子可以是假的，头发是可以理的。成功的犯罪分子通常都是伪装方面的高手。（凯特已经在这些话下面划了线。）

但是有些关于眼神的东西凯特觉得很难描述。那个男人的眼神令人感到害怕，同时又让人记不清楚。回到办公室后，凯特问米基："我不喜欢他的眼神，你是怎么认为的？"

米基同往常一样谨慎小心，一言不发。

"我猜那里可能要发生犯罪活动。"

米基冷冷地盯着前方。

"一个杀手？噢，这不会是第一次，我们都知道，单独行动的银行劫匪往往都是冷酷无情的家伙。"

米基和凯特曾经一起到图书馆去找资料。当看到杀过人的银行劫匪的数字时，他们俩心里感到暗暗一惊。约翰·埃尔金·约翰逊，一个随身携带着左轮手枪，总是单独行动的匪徒；"乖男孩"查尔斯·亚瑟·弗劳伊德，美国堪萨斯市凶杀案的主谋；"娃娃脸"乔治·内尔森、巴德尔—迈因霍夫团伙、共生解放军……名单很长。这些内容令他们感到不安。事实上，当他们发现图书馆里关于犯罪行为的成人书籍中所使用的语气与《如何成为一名侦探》在提出建议和述说某种形象时那种把握十足的语气相比更显客观真实时，他们已经明显感到有点惊慌失措。凯特和米基的行动手册中有很多关于伪装和密码的内容，但里面并没有讲如何应对狂热的红军分子，碰到那些喜欢带枪的心理变态者该怎么办，如果身上被淋了汽油，并且有人拿着打火机威胁自己又该怎么解决。凯特对自己书里内容的真实性产生了阵阵怀疑。

凯特的腿感到一阵酸麻，于是，她坐在攀援架顶上，俯瞰整个住宅区。她意识到自己和米基对付不了那个嫌疑犯，她想尽可能地去收集足够的证据和信息，找出他住在哪儿，搞清楚他打算如何逃跑。所有的劫匪事先都会先演练一次，凯特会不断地监视，等待着，并把自己看到的一切都记录下来。那么等抢劫最终发生的时候，也许她不能亲手抓住犯罪分子，并把他移交给警察，但她能够把所有的证据交给警察，让他们可以逮捕他。凯特很肯定这将足以让自己得到那个梦寐以求的特别职位。很明显，那不是一份固定的工作：她仍会去学校上学，但或许会临时去协助进行复杂的监视工作。警察会发现她的用处，其他孩子有几个像她这样接受过训练？又有几个可以像她一样很好地隐藏自己？

"噢，凯特，看来你对朗斯代尔工业园十五号的怀疑是对的。"

"他们走私钻石？"

"没错，他们的犯罪网络几乎遍布这一行所有的重要城市：开普敦、阿姆斯特丹、西米德兰。凯特，现在的问题是我们要进到房子里面看看，我们需要那些包裹确实放在房子里的照片。我们的人都无法靠近，所有能用的办法我们都用了——装扮成煤气抄表工、玻璃保洁员，除此之外还有很多——但这些人很狡猾，他们不让任何人接近房间，任何人都要受到他们的怀疑……也许除了……"

"除了一个小孩？"

"对极了。"

凯特眺望远处的冷却塔，仿佛看到了自己的未来正在眼前一点一点地展开：在办公室里办公，和米基到瓦内齐餐厅吃午饭，把自己的案子讲给阿德里安听，让特雷莎也加入进来——当然，自己也不用再到雷德斯波恩寄宿学校去了。

2003
寂静之声

15

他从没有期望过能从闭路电视上看到什么东西，也从来没人在值晚班的时候看到过什么。

他在过去的十三年里一直盯着同样的监视器屏幕，就是闭上了眼睛，监视器上那些灰色的空荡荡的走廊和锁着的大门依然在他的脑海里不断闪现。有时候，他会想也许这些画面只是不停闪动的照片——是一些永不会改变的静物。突然有那么一天，她忽然在一个午夜出现了，打那以后他彻底改变了原来的想法。

事情发生在节礼日① 的凌晨时间。绿橡树购物中心只在圣诞节和复活节的时候才关门歇业，每当这时候，就得有两个人留下来值班，库尔特总是其中之一。顾客们不喜欢购物中心关门。圣诞节那天，库尔特曾经看到几个老顾客不断用力敲玻璃门，要求放他们进来。他从监视器上看着他们，心想他们真像一群还魂尸。这群还有一点活动力

---

① 节礼日，英国和部分英联邦国家的法定假日，在圣诞节的次日。按习俗，这天得向雇员、仆人、邮递员等赠送匣装礼物。

的僵尸在不停地要求退货或者换件商品。

监控室里只有一台破旧的飞利浦收音机可以让人解解闷。库尔特斜靠在皮转椅上，拧开了自己的保温瓶盖子——他不知道现在就开始吃三明治是不是太早了点。收音机里传出主持人的声音，他说要把《威奇塔架线工》①这首歌献给"大巴尔"酒店的奥黛莉女士。库尔特默默地随着格伦一起哼唱着。斯科特已经被派出去巡视停车场四周了，那里一片漆黑，冰冷而又安静。库尔特忍不住笑了。

摄像头的视角切换了一下，二十四个不断闪烁的新画面出现在屏幕上。从左边顶端的一个显示器里，库尔特瞥见斯科特斜着从屏幕的底部走过，可以明显地看到他的胸口随着呼吸在短暂地起伏。

库尔特为新的一年做了一个决定，那是一星期前做的，但其实他很早就有这个念头了。这个决定很容易记住，因为他去年甚至是前年都下过相同的决心：他打算辞掉工作，离开绿橡树购物中心。但他这次算是铁了心。他从来就没打算长时间地干这份工作，现在十三年都已经过去了，而他根本就不知道这十三年都是怎么过的。巡视空荡荡的走廊，在午夜时分吃三明治，看着自己的身影映在单向玻璃上，仅此而已。可是有时候，他感觉似乎自己已经离不开这里了：有什么东西总是牢牢地抓住他。他感到心烦意乱，因为生命正从他的指缝中溜走，而他只能看着，却无能为力。他已经没有了去干别的事情的激情，但他一直认为如果去做别的事情，自己应该还是有能力成功的。

库尔特闭上眼，在脑子里幻想着一幅红外图像——米德兰中央区

---

① 《威奇塔架线工》，美国歌星格伦·坎贝尔于一九六八年推出的流行歌曲。

域覆盖着一大片阴冷的蓝色阴影,而他和斯科特变成了站在这片阴影正中心的两个小红点。再过几个小时,这块中心区域就会挤满了人,斯科特和他将被这群蜂拥而至的人群完全湮没掉。库尔特自愿值连班,他有点害怕值白班时听到商场里的喧闹声,害怕想到自己心里的困惑。其他保安都已经结婚生子,他们喜欢在银行休假日里和自己的家人待在一起。而且,他们似乎特别喜欢在假日里和家人一起来绿橡树购物中心,或者去别的什么购物中心逛逛。库尔特会看到他们费力地在假日人群中挤来挤去,努力要去享受另一种生活。空闲时间——他们该怎么打发这些时间呢?

库尔特咬了一口鱼酱三明治,然后看了看自己的手表:时间是凌晨四点。六点到八点之间对库尔特而言是值班期间的最佳时光,他喜欢看到最早来商场的工人在那段时间开始忙碌的情景。他很喜欢看到保洁员毫不留情地清除前一天留下的一切痕迹,他们擦去指纹、扫走毛发,用吸尘器吸走灰尘,这同时也意味着他们销毁了一切证据。他感觉到随着他们的每一个动作,自己乱糟糟的大脑也同时得到了净化。尖叫的孩子,粗暴的老家伙,在商店里偷东西的那些无用的家伙,绝望的女人,孤独的男人,还有在电梯里拉屎的那个身份不明的家伙……他把他们一个个的从自己脑子里取出来,封进垃圾袋,然后穿过灰暗的走廊直接把它们丢进垃圾箱。购物中心的苏醒就好像是给库尔特带来了一首催眠曲,不断抚慰着他躁动不安的心灵,让他可以平静地回家睡觉。

当他伸手去拿薯片时,眼角的余光忽然发现了什么东西,他立即回头看着监视屏,发现一个人正站在二楼银行和房贷合作社前面。尽管这个人的脸看不大清楚,但他还是看出来那是个小孩,一个小女孩。小女孩一动不动地站在那儿,手上拿着一个记事簿,身上背着的包里露出一个绒毛玩具猴。库尔特转动了一下椅子,拿起对讲机准备通知斯科特。可是当他回头重新望着屏幕时,他发现小女孩已经从画面上消失了。他切换了一下摄像机的角度:什么都没有。库尔特快速切换了一遍所有摄像头拍摄到的画面,还是没有发现小女孩的踪影。库尔特心里十分诧异,他开始呼叫斯科特,而那颗本已疲惫不堪的心脏开始狂跳不止。

早上六点五十五分,丽莎停好了汽车,然后坐电梯从冰冷的地下停车场上到了绿橡树购物中心的一楼。她恨透了早上五点半响起的闹铃,对接下来十七个小时的清醒时间更是厌恶至极,但每天早上穿过购物中心的那一小段路程时,总还有些事情让她内心略感些许的宽慰。听着柔和的背景音乐,闻着四处弥漫的清洁液的味道,拖着两条疲乏不堪的腿走在路上,丽莎在迷迷糊糊中有一种轻盈飘浮的感觉。

丽莎耐心等着电梯开门,"叮"的一声后,电梯停了下来。丽莎走出电梯,来到了购物中心的中庭。今天是节礼日——商场里肯定又会是人声鼎沸——但早上这个时候一切都还笼罩在一片寂静之中。

走在磨得发亮的过道上,丽莎觉得自己像是在滑动一样。一路走过去,不时地会看到三三两两的保洁员正悉心照料着整个购物中心。丽莎认为,用"保洁员"这个词来形容他们实在是太粗俗了。在绿橡树购物中心,普通的保洁程序都要被分成五十到六十个不同的项目,而且它们一个比一个显得深奥难懂。这里的保洁员似乎没有一个是年龄合乎要求的,就好像十六岁到六十岁之间的人都被征去打仗了似的。或许不是因为打仗的缘故,而是他们有薪水更好的工作。不管怎样,看着这些孩子和因为患了风湿而一瘸一拐的老人一道在这里工作,让人真实地看到了一幅救贫院的写真。

今天,当她从玻璃保洁员雷伊旁边经过时,丽莎看到他正在用橡胶刷帚来回擦拭"汉堡王"快餐店外面的玻璃。看到雷伊总是会让人情不自禁地提高了嗓门对他喊上一句"还好吗,雷伊?"每次他的回答都毫无例外:"还行,谢了。"离雷伊几码远的地方有个小男孩,他正一手提着一桶抛光油,一手拿着一块布慢慢地擦亮购物中心所有四英里长的金属栏杆,这是他每天早上的工作。丽莎走到夹层楼面时,看到有一台自驱升降机停在那里,这是一种带了轮子自动升降的高空作业吊篮。吊篮里有一个年轻人,正在把除尘器挨个塞进头顶天花板那不计其数的塑料方格中间的小孔里,每当清洁完一片区域,他就把机器向一旁挪动几英尺。

但是,这里还有一些人们见不到的人。丽莎很敏锐地察觉到了购物中心里还有那些藏在暗处的保安们。每天早上,她都能感觉到躲在暗处的那一双双疲惫的眼睛,自己的一举一动都在它们的严密监控之下。持续不断的监控让丽莎觉得自己是个可疑分子,随着时间的推移,这种负罪感让她开始喜欢上了一种小把戏。她想象着自己的包里带的不是一个放了许久的蜜橘和十七个空信封,而是一些秘密物品:一个微型定时器,一封密信,一个违法的包裹——是什么不重要,只要它们是不能公开的东西。她会在脑子里把各种各样的事物联系在一起,从而幻想出一些乱七八糟的密探、恐怖分子或者抵抗组织成员——虽然每天的幻想不同，但她总是会让躲在暗处的保安们在自己的想象中扮演纳粹分子的角色。

丽莎想象着自己在摄像头下展现出一个早班经理自然并自信的神态。可是，她怎么看都完全像是一个被虐待的苦力，谁又会去怀疑这么一个可怜人儿呢？没错，她专门穿了一双破旧的运动鞋。丽莎故意镇静地从"顿金"炸面圈和"欢庆"贺卡两家店铺旁边走过，当穿过门进入维修通道时，她猜想保安室里可能只有无线电的静电声和保安们悠闲喝茶的声音。她敢肯定，那些忙着吃饼干的矮胖保安一定没有对自己产生任何怀疑。

一过了这几扇门，丽莎就身体紧挨着灰白的水泥墙悄悄地向前移动。如果在这里被发现，那么任务就前功尽弃了。她打开每一扇门时都尽量不留下任何指纹，门口的那一小段路她是跳过去的。在通道里每遇到拐弯时，她就会先停下来，听听是否有脚步声。她的目标是从通道到达"音乐世界"店铺的后门，而不被任何人发现。尽管她不承认，但她的确是很认真地对待这件事情的。上星期，她曾很尴尬地发现，"道尔切斯"店的一个店员跟在她后面，与她相隔二十英尺上了楼，自己这种滑稽的表演肯定都被那人看到了。

今天，她看到前面有一个保安正在上楼。于是，她赶紧躲到通风管后面的一个凹处，直到他离开为止。当她从凹处出来时，她发现通风管后面有一块布露在外面。通常，她是不会去理睬旧管道后面露出来的这么一块破布的。但她今天满脑子想的都是一些神秘的东西，于是，她走近了想看看那到底是什么。那是一个逗人喜爱的玩具，丽莎慢慢地把它从管子后面拉了出来，并且打心眼里喜欢上了这个小家伙。

它是一个绒毛玩具猴，大概有八英寸高，穿着细条纹的衣服和鞋罩。它看起来似乎满脸的心事。丽莎被自己的发现惊呆了，这个小东西就像是天上掉下来的一样，它是那么特别，那么完美，似乎来自于另一个世界。丽莎不明白它是怎么到了那些管道后面去的。它身上有点脏，背后染了一些灰色的颜料，但除了这些之外，它看上去异常的精神和活泼。是的，它真是一个机灵的小家伙，一只不愿让别人随便见到的小猴子，一个你无论走到哪里都愿意随身带着的可爱玩具。丽莎把它身上的灰拍干净，然后用自己背包上一个原来完全多余的线圈系住它，把它带在自己身边。干完这一切，丽莎继续向前走去，不再关心自己是否会被看到。

某保安
二楼北面商场

当你的眼睛扫过人群时，你的目光会被某些人所吸引。也许是一个戴着吉普赛风格金耳环的浓妆艳抹的女孩，也许是一个戴着黑色假发的老太太。这就像在旋转收音机的调频钮，等着看最后指针会停在什么地方。

人群中这些特别的顾客，他们来绿橡树做什么呢？孤独的男人来买新衬衫，闷闷不乐的夫妻来这里打发周末时光，女人们是为了来这儿吸引大家的眼球。在这里，忙碌的一天中会有四十万个不同的故事发生，它们充斥着购物中心的每一个角落。

我始终认为，绿橡树不仅仅是一个砖石垒砌的冰冷的建筑，它有着自己的声音。没人注意到,但他们都听到了,就是这种声音把他们带到这儿来的——它是一种音调很低的嘶嘶的声音。当你调整到正确的音频时,那么其他人的声音就可以冲破这种"嘶嘶"之声的阻隔,从而让你可以听到它们。你会听到他们希望在绿橡树找到些什么东西,还可以听到绿橡树可以怎样帮助他们。我想,绿橡树可以帮助每一个人,它可以听到所有人的声音。

16

每当银行休假日到来的时候,待在"音乐世界"店里真让人感到厌烦透顶:这一天给人带来的纯粹是一种痛苦。购物中心人满为患,顾客们会在这个特殊的假日里展现自己的火爆脾气和愚昧无知,他们会为自己没有更好的地方可去而气恼不已。更为糟糕的是,商店还在等待着地区经理戈登·特纳能在这一天前来视察——一想到这一点,克劳福德几乎要发疯了。

丽莎是"音乐世界"的副经理,她的顶头上司就是这里的经理,身材干瘦的戴夫·克劳福德。这里的五位楼层经理理论上都由他直接领导。克劳福德任命丽莎为值班经理,在单方面更改了这个职务头衔后,他不知怎么的就很巧妙地改变了丽莎的工作任务,让她成了专门在最差时间段值班的经理中的一员。丽莎不得不在大清早、深夜、星期天或者是银行休假日的时候待在店里值班,这似乎成了她的职责。

在丽莎看来,克劳福德时常会做出一些滑稽可笑的事情。大多数人往往只能把怒气维持短短几分钟,而克劳福德却常常会连续数周都怒气冲天,这让丽莎感到大为诧异。让丽莎感到有趣的是,当克劳福德越是为一些微不足道的小事大发雷霆时,他说话的样子越是粗鲁和大男子主义(比如"是哪个娘们蹭坏了这该死的招牌?")。克劳福德根本不讲求逻辑和条理,这让丽莎感到十分吃惊。但最让丽莎觉得好笑的是,他完全缺少自我意识——他总是穿着特别紧的牛仔裤,并且还在说话的时候不知羞耻地去屁股中间扯裤子,走起路来就好像刚刚骑了几个星期的马一样。购物中心的保安们对此感到很厌烦和气馁,他们觉得自己正在为一个同性恋工作。

到各个分店视察,为高级经理们证明自己的职位提供了机会,这是他们证明自己可以毫不费力地比目前的管理层更好地运营一家店面的大好机会。他们会指出下面的人错失了一些销售良机、销售策划不够严谨、员工对产品了解不足、客户服务糟糕透顶、地毯上不该粘着口香糖、员工身上穿孔挂首饰的地方太多等诸如此类的问题。同样,如果有一名员工把事情搞砸了,那也就意味着克劳福德把事情搞砸了,那么对特纳而言也好不到哪里去。于是,上至地区经理,下至周六来打工的十六岁女孩,每个人都被笼罩在一片焦虑、恐慌和被要挟的氛围之中。

但克劳福德很不幸地发现,绿橡树"音乐世界"里的员工对于这样的视察已经毫不在乎了。由于在过去三个月,他们一次又一次地被告知地区经理即将前来视察,然后又在最后关头被通知视察突然被取消,他们一直处在紧张状态,并且被迫加班,却又得不到额外报酬。取消视察属于游戏的一部分:威胁说领导要来视察,这对于整顿商店的工作没什么害处。再说,也没有必要把这种威胁变成现实。在过去三个月里,总共有十六次所谓的领导视察被取消了。随着员工们对这种视察越来越厌烦,克劳福德也开始变得越来越狂躁和多疑。

克劳福德一边用大头针把大量的图片和图表钉在布告栏上,一边抱怨着,丽莎正好待在他的办公室里。丽莎没有心情理会克劳福德说了些什么,她太累了,连开玩笑的力气也没有。

克劳福德忙完手上的活后,开始喋喋不休起来。"半小时前,我在店里转了转,真是他妈的糟透了。你看到那个图标背景墙了吗?夏奇拉①音乐专辑那里出现了三个空缺。我问凯伦,'那是他妈的怎么回事?'她对我说,'哦,戴夫,我星期一的时候又另外订了三百套,但供应商说他们那里没货了,我们店里的货是我们这个地区唯一还剩下的九十五套。'她说的话你信吗?你会信这样的蠢事吗?于是,我对她说:'如果我们的货只有九十五套的话,那还他妈的把它们摆在顾客能买到的地方干什么?把它们全部撤下来,放到柜台后面去,直到确定特纳经理已经在前来视察的路上,我们再把它们摆上去。'她只是看着我,好像我是从另一个星球来的怪物一样。看到她那副样子你还能怎么样呢?她那样子看起来是可怜得不能再可怜了,每次我跟她说话就好像在割我自己的手腕一样。如果哪一天她服务的对象正好是装扮成'神秘顾客'前来视察的领导,那我们可能都得玩完,都得从那一天开始去寻找新工作了。"

"另一个糟糕的地方是仓库里的库存区。你去看过了吗?你看到那儿都放了些什么吗?"

丽莎意识到,这次短暂的停顿是在暗示自己回答他的问题。她实

---

① 夏奇拉(1977—),出生于哥伦比亚的女歌星。

在没力气开任何玩笑,但在想了一下后,只好开口道:"库存积压?"

"没错!难道就没有人能够清醒地意识到,当我们面临领导视察的时候,库存区千万不能堆放着大量还没卖出去的货物,就像一份签署的声明说的那样,'是的,如果我们东西卖不出去,那么我们就会一直犯错误。'所以,库存区一定得是空的,这样,视察的领导就会对我们精确的进货控制和周转赞叹不已。让亨利用一些箱子把那些库存的货物装起来,然后在女厕所找个隔间把它们藏起来。"

"戴夫,女厕所只有两个隔间,而其中一个已经堆满《星际旅行》的 T 恤衫了。"

"是吗?没关系,购物中心有条件不错的公共厕所。我们只占用厕所一天时间——或者直到视察的领导来的那一天。正是因为这种'行不通'的态度才让你无法成为商店经理的。

"我刚刚应付过保安部门的那个猴崽子,他不停地对我抱怨,说我们的货物把消防通道给堵了。他没完没了地跟我唠叨他作为消防专员的职责,还说这样可能会出人命。我才不相信这些没脑子的傻大个说的话。我大声地慢慢对他说:'你们不用担心,我们会在下次防火检查之前就把所有箱子都搬走,没人会知道有这么回事的。'我在他脸上又看到了在别的地方看到过的一模一样的表情,他又对我说:'万一今天发生了火灾该怎么办?'我只好走开了,对于这种态度,我也无能为力。

"然后,在仓库的角落里,除了小庞戈·斯诺德格拉斯,我还应该看到,或者说该闻一闻谁?我对他说:'嗨,格拉厄姆,今天算你走运,给你放假一天。'很明显,其他所有懒家伙们都开始安静下来听我讲话,他们反应可真迟钝。庞戈对我说,'可是,还有很多货要处理呢,我想今天可能会有人来视察。'我告诉他,'是会有人来视察,但你今天可以回家休息,去,拿上你的外套。'可是他依然没听懂我的话,亨利走过来对我说,'没关系,戴夫,让我来和他说。'可庞戈又对我说,'我不明白,为什么你想让我回家去,那样将意味着这么多工作都要留给别人来做。亨利问过我,是否到吃午饭的时候我可以完成自己的工作,因为我是手脚最麻利的。'我能说什么呢?每个人都看着我,我不得不对他实话实说,于是,我说,'你可能是动作最快的,但你满身臭味,你闻起来实在是太糟糕了。这里每个人都知道,但没人会说出来。我说出来是因为我不想戈登·特纳来巡视仓库的时候因此而喘不过气,回家吧,回去冲个澡。'你知道,我敢发誓,那个长着赤色头发的小家伙想上来揍我,但亨利拦住了他。他们是一群怪人,我不知道亨利是怎么管住他们的。

"别再像一条虹鳟一样傻乎乎地站在那儿看着了——赶紧行动,把这些事情都处理好。"

丽莎拿起自己做的记录,离开了克劳福德那烟雾缭绕的臭烘烘的办公室。她走回商店,准备开门营业。

库尔特和加里各抓住两个少年的一只胳膊,费力地挤开人群向保安值班室走去。这两个男孩刚刚偷得正欢,但他们并不是很老练。他们犯的第一个错误是他们的穿着,他们把自己打扮得好像是在面试某一个电视剧里的扒手角色一样。库尔特希望他们能改变一下自己的打扮。围巾围着脸,帽子戴得低低的,强盗们一般都是这么穿的。如果他们不是这么热衷于偷东西，那么他们的生活会变得简单很多。购物中心的广播里正放着"灯塔之家"组合①的歌，两个男孩一副心不在焉的样子。购物的人群欣慰地看着两个男孩，很高兴自己没有丢东西。

库尔特感到有点累，连着值班就是如此，似乎总是没个尽头。他对加里接下来做样子般的审讯没什么兴趣。他实在无法理解，抓住两个笨贼有什么可让加里觉得自己变聪明了。库尔特知道，加里接下来会逐条地向这两个男孩罗列他们所犯的错误，然后再自豪地把监视记录给他们看。在加里一遍一遍地展示自己是如何以智取胜的同时，他会不断地告诉他们，"现在，你们知道你们有多笨了吧？"库尔特对抓扒手不感兴趣，他想也许自己入错行了。

他坐在角落里，心里在想那个半夜出现的女孩这会儿在哪里。那天晚上，他和斯科特把整个购物中心和维修通道都搜查了一遍，但什么也没发现。他们最后推断，最能说得通的解释是，那是一个从家里偷跑出来的孩子，她在圣诞夜关门之前躲藏在这里没有出去。有时候，人们不想过圣诞节——有时他们没有选择。库尔特已经打了电话给警察局，但没有任何孩子失踪的报告。警察们大笑着对他说，这是第一次出现孩子还没有失踪就已经被找到的情况。库尔特不认为这有什么好笑的，那女孩子的安详神态令他感到有点不安。他脑海里浮现出一幅场景：那女孩独自一人站在购物中心里，哼着歌，"我曾经走丢了，但现在我回来了。"

---

① "灯塔之家"，英国通俗音乐组合，一九九五年推出首张唱片，二〇〇三年开始各自发展。

离回家休息还有两个小时,加里的审讯完全可能持续这么长时间。这两个犯人的反应并不是加里所喜欢看到的:他们并没有因为警察和父母可能会被叫来而痛哭流涕,也没有因为加里的高明监控而对他显示出任何敬意。他们今天到这儿来起初并不是为了偷东西,他们可能是为了追女孩子;可是当他们没有成功后,他们认为自己应该干点别的来补偿一下。两个男孩不停地摆弄着自己衣服上的拉链,他们看起来很无聊,库尔特也一样无聊,这很糟糕。加里采用的是消耗式的方法:他会一直继续下去,直到得到满意的答案,或警察出现为止。

库尔特找了个借口,说要去另一个房间写文件,然后离开了。写文件对于库尔特来说,不是什么大问题。很多保安都看不起这项工作,尽管它在现实工作中是必不可免的。他们中的有些人一碰到这项工作就咒骂不已,暴跳如雷。每当这个时候,库尔特就会主动要求替他们完成,帮他们节省时间,而他们没有人会愿意提到自己不识字这一事实。库尔特已经发现了他们在这方面的一些蛛丝马迹——午饭期间,当他们很热切地盯着摆在面前的一份报纸看时,他们的耳朵会因为看不懂报纸引致的害羞和尴尬而不由自主地变红。

在所有保安中,只有斯科特一个人让库尔特感觉还比较舒服,而且斯科特的言谈举止还算正常。斯科特将自己不识字这个秘密告诉了库尔特,还请库尔特教他读书识字。斯科特学东西很快,这让库尔特感到既惊讶又骄傲,而唯一让他感到不好的是,在这个过程中,斯科特很不现实地迷上了吉莉·库伯[①]。斯科特把他老婆放在家里做摆设的

[①] 吉莉·库伯(1937—),英国女作家,以玫瑰小说见长。

所有书籍，不论好坏，都变成了自己的阅读材料。现在，当他对西布罗姆维奇俱乐部的比赛不感兴趣时，他就会喋喋不休地给库尔特说着赛马场上的最新劣迹。斯科特最近开始每天都买《每日邮报》来读，这让库尔特心里惊叹不已，他不知道自己到底造了一个什么怪物出来。

库尔特做完了自己的记录，然后他抬头向监控室的窗外看去——又多了一双监视购物中心的眼睛。绿橡树购物中心的安全等级更上了一层楼，因为这里的大多数商店都聘请了自己的保安和店内侦探，在这四平方公里的范围内有大约两百名安保人员在执勤。他们是一群保安、随员、侍从，怀着猜疑和无聊的心情，不断去搜寻和发现可疑的迹象和麻烦。库尔特想起了他们的眼睛，他们的眼神里溢满了疲倦。这些人在购物中心里像无头苍蝇一样四处乱窜。绿橡树的安保密度即使与外面最动乱地区的安保密度相比都毫不逊色。库尔特心想，现在这个国家也不知道已经被分裂成了多少个像绿橡树购物中心这样被完全保护起来的领地，那些被战争洗劫后留下的焦土在一双双眼睛持续的监视之下，几乎就像被剥光了衣服一样，完全赤裸裸地展现在大家面前。库尔特想起了自己的祖母，她去年在自己的房里被人痛打了一顿。祖母对此困惑不解，她不知道自己什么时候才能变得像一顶耐克棒球帽那么重要，值得人们来保护。库尔特犯了一个错误，他曾对做过警察的加里提到了这件事。对此，加里说道，"我们不需要更多的警察，只要黑鬼们少一点，自然就没有麻烦了。"

库尔特的对讲机突然响了起来，他立刻把它放在耳边，以便能听清楚每一句话。

17

丽莎坐在汉堡王餐厅靠窗的位置上,她要了一份油腻的快餐,还有一大罐甜饮,这对丽莎而言算是比较丰盛的午餐。她不敢到员工休息室去。当然,特纳再次没有在圣诞节的时候出现在这里。现在,仅仅数周之后,"音乐世界"又被告知将有一位神秘的顾客前来视察。听到这个消息后,克劳福德痛苦地一阵抽搐。绿橡树购物中心的空气中似乎弥漫着某种物质,它引诱着人们对那些刚刚在工厂流水线上经过复杂加工的商品趋之若鹜——丽莎今天实在是太累了,她实在没有精力再去抵御这种诱惑。"音乐世界"里的一些同事花了太多的钱去购买这些东西,弄得丽莎情不自禁地想道:以后干脆每周直接往他们的静脉里注射一针转基因淀粉和改良油脂算了,那样岂不容易一些。她可以很容易地想象到这样一幅场景:一群严重依赖工业产品,而又不能及时获得报酬的员工站在柜台后面卖力地销售着商品,而看着利润不断提高,克劳福德兴奋得摩拳擦掌。

丽莎隔着玻璃窗看着购物中心里川流不息的人群,这里的一月降价销售即将进入尾声。绿橡树购物中心没有外窗,因此在这里你只能通过观察购物者的衣着来判断外面的天气如何。今天，来这里的每个人都穿得好像是橄榄球运动员——从上到下把自己裹得严严实实的。一些脸被冻得红彤彤的顾客开始脱掉自己的外套。当这些人跌跌绊绊地走在其他人旁边时，那副样子就像是刚落地的瘦骨嶙峋的小马驹。

丽莎看到外面有一个小女孩尾随在父母的身后，额前留着蓬松的刘海。这个小女孩身上有些东西让丽莎想起了凯特·米尼。当然，凯特现在应该已经长大了，她比丽莎正好小两岁。但丽莎发现自己很难想象凯特长大后是什么样子，她在自己脑海里的样子一直没变过：一个总是跟在你身后、长着一双忧郁的蓝眼睛、表情严肃的女孩。

丽莎十二岁那年，凯特失踪了，她离开了家，从此再也没回去过——就那么消失在了空气中。没有目击者，没有人见过她，也没有尸体。丽莎不是凯特的朋友，事实上，她们几乎不怎么熟，她们以前可能只见过三次面。但丽莎直到现在依然清晰地记得第一次遇到凯特时的情景。

当时，丽莎正很不耐烦地站在爸爸的糖果店外面等爸爸一起回家，就在这个时候，她突然意识到有人正站在不远处另一家商店的门口向外窥探。丽莎向外探了探身子，她想看清楚那人是谁。可当她朝那里望去的时候，那个人缩了回去。如此重复了几次后，丽莎终于失去了耐性，她直接走过去要搞清楚到底是谁在那里。她发现一个穿着棒球靴和防雨服、手拿记事簿的小女孩正站在那里。她看到丽莎时跳了起来，竭力想把自己的记事簿藏起来。

"你在做什么？"丽莎问她。

"没什么。"凯特回答。

"你肯定在干什么事,你在监视我?你是在画我吗?如果你是在画我,你最好把它给我,因为我的肖像权只归我一个人所有,你没有权利给我画像。如果你那么做了,我会告你诽谤、剽窃……还有侵犯肖像权。"

凯特眨了眨眼睛,然后低声说道:"我在监视马路那边里克太太的房子,她度假去了,我在监视那些可能来盗窃的可疑分子。"

丽莎盯着凯特看了很长时间,然后问道:"监视什么?"

"那些想非法闯入里克太太家偷东西的犯罪分子。"

丽莎花了好大一会儿才想明白凯特说的话。"你拿着你的记事簿在这儿站了多久?"

"时间不长,今天大概有一个半小时。"

听到这句话,丽莎感到一阵眩晕。"你都记了些什么?"

凯特小心翼翼地拿出边上贴满了提示标签的记事簿,然后翻到某一页。她认真地读出了上面的内容:"十六点零三分——有猫到房前的花园里撒尿。"

"就这些?"

凯特又仔细看了一眼那一页,"到目前为止是的。早些时候,有一个小男孩骑着脚踏车从这里经过,但我把他排除了,毕竟他只有三岁。"

丽莎难以想象一个人怎么可以在一个地方站上一个半小时,站着十分钟不动对她来说都是一种折磨。

凯特清了清嗓子,然后问道:"你的头发是怎么弄的?"

丽莎立刻抬手去摸自己的头,"怎么了?头发倒下去了吗?它们是不是倒向一边了？怎么回事？"

"没有，它们都竖着呢。我只是好奇，你怎么把头发弄成这个样子的。是你保持特别的睡姿，还是吃了什么东西？"

这可正好问到了丽莎的心坎上。"哦，要留这种发型你就不能经常洗头，不然你的发型就会变成霍华德·琼斯①那样的蓬松头，那简直就是一副欠扁的模样。你只能每隔三四天洗一次头，洗过后，在头发上尽量多抹一点发胶，然后把它从上向下吹干，而且还要时常用力按摩头顶——这样你就可以留出经典的麦卡洛奇②式的发型了。当然，要是你更想留罗伯特·史密斯③那样的发型，那你就得把头发都向后梳。但是记住，千万别用肥皂——只有那些无知的朋克们才会用肥皂让自己的头发竖起来——你不想让自己看上去像是来自'被剥削者'乐队④的吧。然后，在头发上喷些定型剂，但不要用那种贵的，像埃尔涅那种很贵的定型胶是不起什么作用的。你只需要一些便宜的，够黏就行——哈蒙妮牌的就很好。最后一定要记住，千万不要被雨淋到。"

凯特听得很认真，有些话她听得懂，但这些话的整体意思她只是一知半解。

丽莎继续说道："你想让我帮你做这样的发型吗？如果你想的话，我可以帮你。"

---

① 霍华德·琼斯（1955— ），英国流行歌星。
② 伊安·麦卡洛奇（1959— ），英国流行歌星。
③ 罗伯特·史密斯（1959— ），英国流行歌星，吉他手。
④ "被剥削者"乐队，英国传奇朋克乐队，八十年代初成立于英国爱丁堡。

凯特几乎未假思索地回答道:"不了,谢谢你。我不能引起别人对我的注意,这很重要,这种发型对我的工作不合适。"

丽莎对这样的回答迷惑不解,但她很高兴看到爸爸从商店里走了出来。她没有再和凯特多说什么,而是立刻向爸爸跑了过去。

丽莎依然还记得自己坐在爸爸达特桑汽车的后排座椅上回头看凯特时的情景:凯特手上拿着记事簿,静静地站在一片斜阳下。

现在,还剩下半个汉堡没吃完,丽莎斜靠着四楼露台的栏杆,低头望着一楼四处攒动的人头。下面边缘地带的人群行动十分迅速流畅:人们走进商店,又从各个出口走出来,他们在流动的人群里不停地进进出出。越靠近中心地带,人们的步伐越迟缓:那里净是一些漫无目的的老人和小孩在不急不缓地随意溜达着。他们可能是最早来购物中心的,也是最后离开的;他们就是一群最后坚守阵地的人。丽莎怀疑他们是否离开过购物中心。她想象着这些人一大早就呼啦一下闯进来,又在黄昏拥挤着搭乘公交车离开。下边中心地带的人群中有一个保安一动不动地站在那儿。他抬头盯着玻璃天花板,丽莎低头看着他那张忧伤的脸。他们互相看了对方有一分钟的时间,丽莎突然感觉到这么靠在栏杆上向下看有点晕眩。她意识到自己该回商店去了。

在绿橡树购物中心工作不是一件让人感到愉快的事情。一九九七年,绿橡树的管理层参照空闲地带全球投资公司(该公司在世界各地拥有四十二个零售购物中心)的商业战略标准,在九千名员工中间分发了他们的第一份工作环境年度调查问卷。结果他们发现,员工对于工作环境的不满竟然如此一致和强烈,以至于这一事件后来成为社会学专业的学生研究的经典案例。从那以后，他们再也没有对此做过任何调查咨询。

绿橡树购物中心的主要问题是员工们的工作环境和为顾客提供的购物环境差别太大。绿橡树修建的时候，把购物中心变为休闲场所这种理念刚刚开始在欧洲流行。马克公司的建筑师和设计者们吸纳了为购物者带来独一无二的体验这种理念——购物中心要有绿色的休息区，符合人体工程学的座椅，明亮通风的中庭，水景元素，便捷的停车场以及宽敞奢华的公共卫生间。相反，每家店铺里的员工休息区被严重压缩，以便能最大限度地增加销售区域。员工设施处于极低的水平上：厕所少之又少，内部空间昏暗无光，通风供暖设施落后过时，砖墙没有粉刷，下水道的臭味永远弥漫在空气中，硕鼠横行。员工们敏锐地觉察到了这种歧视政策。他们看到，管理章程里明文规定员工不准使用客户区卫生间和客户休息区；他们看着自己的停车区域被移得离购物中心越来越远；每天，他们都从宽敞明亮的中庭走入昏暗阴郁的维修通道：那是条漫长而又灰暗的隧道。现在，丽莎总是走那条路去"音乐世界"的后门。

"音乐世界"在购物中心占了六层楼，下面五层是销售区，第六层被用作仓库和员工休息区。丽莎想快点从仓库中间穿过去。在仓库上班的有两种人：那些缺乏基本技能或整天脏兮兮的、无法到销售区当销售员的员工以及那些已经受够了顾客的气、现在宁愿整天搬运货物也不愿意接近社会公民的人。今天，后一种人，包括高效但又消沉的仓库管理员亨利在内都不在，只有四个十七岁的少年待在那里。他们一个叫基尔隆，另外三个都叫马特。这些人都留着凌乱的长发，他们一天到晚伴着新金属乐摇头晃脑，就连最简单的任务也总是被他们搞砸。丽莎等着电梯开门，她尽力不去想刚刚看到的那些乱七八糟的东西。五分钟后，电梯依然没来，她强迫自己不去理会身后发出的响声和偶尔传来的喊叫声。

在购物中心，顾客可以选择自己上下楼的方式，他们可以走宽敞平缓的楼梯，也可以去挤狭小的电梯。大多数顾客热衷于后者，这种二十世纪八十年代早期才出现的透明玻璃电梯对他们有着巨大的吸引力。而员工就没有了这样的选择：他们只能按键输入一个特殊密码才能将自己和货物送上六楼或者从六楼下来。然而，坐电梯对他们而言从来就是一种煎熬，因为电梯被设置成优先考虑顾客们所按下的楼层指令，这样就往往导致他们要痛苦地在电梯里上上下下许多次才能最终到达六楼。许多不明就里的顾客总是会不可避免地上错楼层，而当电梯门打开，他们发现那里不是自己要去的楼层时，他们通常会感到十分惊骇。不过偶尔也会有个别顾客在六楼下电梯，完全没有注意到那些没有粉刷的砖墙和楼层标识，没有注意到这里只堆放着大纸箱和收缩包装机。他们会直接穿过仓库区，然后茫然地去寻找《神探弗罗斯特》①的录像带。而当仓库里的员工要把这些人赶回电梯里时，他们反而总是会摆出一副盛气凌人的架势。

时不时地，也许是出于对人们抱怨的不满，电梯会突然失灵。它飞速从高处直降到电梯井的地下闲置部分，然后生闷气般地在那里停

---

① 《神探弗罗斯特》，英国于一九九二年推出的侦探电视连续剧，据称于二〇〇九年大结局。

上三十秒,或者像有一次那样,在那里待上两个小时(那一次,仓库那个倒霉的基尔隆也在电梯里)。大多数员工都曾经历过这种惊心动魄的时刻,在电梯飞速下降的一刹那,所有人都以为电梯的缆绳断了,他们肯定会被摔得支离破碎。但在这些事故中,顾客们又是怎么样的呢?谁能猜想出顾客们当时在想什么?当你正好站在一楼的柜台后面,突然看到电梯急速坠落时,你会看到里面的人被挤得紧紧贴在玻璃上,他们惊恐得眼珠凸起,手臂乱舞。这是一个很罕见,但也是很特别的时刻。今天,当电梯门打开时,丽莎长长地松了一口气,因为电梯里空无一人。

库尔特缓慢地在维修通道某个看不见的平行空间里巡视着,通道里是数英里长的管道、电线,还有通风井、保险丝盒、安全屏障以及消防栓。这里就像一个灯火通明的洞穴,里面一些狭窄的过道会突然拐向某些巨大的装货场,而其他一些通道则是死胡同。这里的所有东西看起来都是灰白色的,灼热的灰尘在空中四处飘浮。库尔特会在这里迷迷糊糊地徘徊几个小时,不是执行什么特别的任务,只是将每一个门把手检查一遍。有时候,他会忽然停下来,努力去想自己是在购物中心的什么地方,但他总也弄不明白。他喜欢这种在购物中心这些曲折的通道里迷失的感觉。

正是在这些通道里,库尔特能够很微妙地回想起脑海里一些曾经很熟悉的东西。关于南希的记忆正在不断消逝,他不知道这是好事还是坏事。让他高兴的是,有些痛苦正在被遗忘,而且从第一年开始至今他已经淡忘了很多。但是,痛苦似乎难以完全磨灭:它时刻伴随在库尔特的身边。有人曾说过"时间是治愈心灵创伤的良药",但库尔特意识到时间并没有治好自己的创伤,它只是侵蚀了自己的记忆,让自己困惑不解。库尔特认为这是两码事。南希四年前遭遇不测。有时,每当下午待在家里,看着阳光斜着透过窗户射进卧室,轻薄的窗帘随风轻摆,在墙上留下一片波动的阴影时,他便能够很强烈地回想起被爱是什么滋味,两人十指相扣一起入睡,共同醒来又是什么感觉。他试着尽力留住这种幸福的感觉,但这种感觉总是转瞬即逝。大多时候,他能找回的只是一些记忆中的残片。他不敢回想太多,因为害怕反复的回忆会让自己的记忆最终受到磨损。库尔特已经想不起南希是怎么笑的了,这让他感受到了独自一人守护这些记忆的责任和重要性。有时,他会为此惶恐不已,似乎自己是在用手盛水一样。他希望能把记忆下载下来,存放在安全可靠的地方,给它们做一个备份。唯一还能让库尔特感受到南希曾经在这里生活过的是摆在家里的那一箱箱她用过的东西,但看到这些箱子让库尔特感到难受,它们只能加重他的悲痛。箱子里装的都是一些零零碎碎的东西,库尔特害怕打开它们。箱子里的信件中更多的是银行寄来的账单,其中一个箱子装满了别人不断寄给她的宣传册——她的死让她错过了那么多所谓的一生只有一次的促销机会。库尔特把这些东西都收着,但他不知道谁还会用到它们。

　　库尔特继续向前巡视。购物中心的许多保安认为维修通道里可能有鬼,他们听到那里有"砰砰"的敲打声,或者听到空荡荡的楼梯间里传出的窃窃私语声;有时,他们感觉到那里的气温会突然下降,或者发现消防栓被莫名其妙地打开了。喝咖啡的时候,库尔特听到他们对此夸夸其谈,都是一些捕风捉影、胡编乱造的道听途说。他们一个个不停地点头赞同别人的说法，然后就开始疑神疑鬼，这真令人可笑。库尔特走过通道的时候没有发现任何反常的迹象，但他有时候也会在那里感到心神不宁。偶尔，在拐过一个弯后，他会突然发现前面是一个死胡同——当他想起小时候自己住过的那栋老房子和童年做的一些噩梦时，前方光秃秃的砖墙会让他感到一阵莫名的紧张。他会有那么一阵子害怕，不敢转过身来，感觉有人跟着自己到了这里。他慢慢向后退，而不是转过身去背对着墙壁，但他依然会感觉到有人在监视着自己。耳朵里嗡嗡作响，他感到那人似乎就在自己眼前。这时，他会不由自主地问一声："谁在那里？"

今晚，库尔特想起了几周前在监视器里看到过的那个小女孩。他曾经再次打电话到警察局询问，但他们还是说没有小孩失踪的报告。库尔特始终感觉那个小女孩就在通道里的某个地方，他希望自己能够找到她，然后把她送回家。

库尔特感到有点累，他可以随意坐在水泥地板上打一个盹，但这不是一个好主意。自从南希死后，他已经睡得太多了。他现在想睡多久就睡多久，只是每次他得决定自己到底要睡多长时间。南希死后的第一年，除了上班和吃饭时间，他都在睡觉。他可以一睡就是一整晚，如果第二天不需要上班，他还可以接着睡下去。

他从来没有意识到睡觉也可以上瘾，直到有一天，他开始发现自己难以区分什么是梦境，什么是现实，什么是记忆。他开始害怕睡眠会让自己忘掉南希。梦境可以让他欺骗自己：它们和记忆混淆在一起，似乎变成了真的；它们还会引起其他梦境。梦是一种可以控制自己的难言病毒，当库尔特意识到这一点时已经太迟了。现在，这种病毒正在扩散，它开始吞噬真相——删除库尔特的真实生活。有很大一部分真实记忆已经被抹去了。他和南希是否曾经坐在一家拥挤的俱乐部里，情不自禁地看着角落里的一对恋人做爱？他是否真的曾经不断梦到南希戴着自己从认识她起就一直戴着的红帽子？或者昨晚是自己第一次梦到那种场景，还是以前就梦到过？这些他都搞不清楚，这让库尔特很吃惊。在这些困扰了自己一年之后，他去看了医生，但医生建议他去看专家门诊。库尔特在一家睡眠门诊中心整整待了几个晚上，最后他们告诉他，他的情况不算是病。那不是嗜睡症——尽管他睡觉时会有幻觉产生。有位咨询师告诉库尔特，他们说"不知道"是一种科学的方式。他们已经排除了其他可能性，这是一种"排除诊断法"。库尔特理解被医生们排除的部分。医生要求他不要再干三班倒的工作了，这让库尔特不解；但最后他们要求他把每晚的睡眠时间严格控制在八个小时，库尔特对此可以理解。

起初的几个月对库尔特来说很困难。每当他一拿起书想读的时候，他就开始犯困。而睡着的时候，他还以为自己醒着，在睡梦里，最美好的场景总是不断地播放着。尽管他逐渐开始能够克服睡眠的诱惑，但像其他做什么事情上了瘾的人一样，现在他发现时间过得很慢。尽管已经过去了四年，他有时仍然会觉得自己的情况依然是老样子。

晚上待在维修通道里的时候，库尔特会想起南希，那似乎只是一种想象。有时候，他会想象购物中心里那些人的生活，那些又似乎是他的记忆。他努力想把这些区别开，但它们如同乱麻般地全都混在了一起，令人难以搞清楚。

某男顾客

二楼东面商场

我只是想去"音乐世界"的录影带区看看，这么做没什么坏处。我经过那儿时会很快瞄上一眼，但我不会到柜台那里去询问。我只是顺路而已。今天我没什么特别的事情做，所以，我可以到史密斯报刊店买份报纸。如果要去那家报刊店，我也可以顺道到"音乐世界"溜达一圈。

我也可以去我们家隔壁那家商店买报纸，这样就可以把坐公交车的钱省出来。但我要到那里才会知道自己该买哪种报纸，而史密斯报刊店的选择总是更多一些。我可能会买份《镜报》吧，但我至少有选择的余地。我必须试着做一些打破常规的事，这是上次诊所里的那位女士告诉我的。她说："有时候，给自己一些惊奇，你得打破常规。"所以，也许我今天会这么做。也许今天我会买《每日点滴》、《晨星报》、伦敦的《泰晤士报》或者曼彻斯特的《卫报》。"音乐世界"那个女店员说我不应该再到那儿去，但我想，如果我只是路过的话，那应该没什么问题。我想，她会说没有关系，如果我只是买报纸路过那里，顺便在那里迅速瞄一眼 谁会知道我到底要干吗呢。

噢，我原以为摆在那儿的是新出的一集，但我看到他们只是把录影带换了换位置，或者可能是哪个人在拿起录影带又放回去的时候放错了位置。看到这个，我停了下来，因为我知道左上方的架子上总是摆着第四集，黄色的，但现在那里的录影带是橙色的，应该是第三集。我现在不得不停下来。要不是他们把顺序搞错了，我是不会停下来的。

我可以帮一下他们的忙,把它放回原来的位置。我想,那是新的一集,是最新出的。但我知道,他们说过不会再有新的出来了。他们上次告诉了我。他们说我没必要每天来这里查看,不会再有新的一集出来了。不管怎样,我不会到柜台去查看,我不会去问是否出了新的一集,因为他们上次说过不会再有了。

我也不会去问店员,因为今天柜台后面站着的是那个红头发的女孩。我上次听到她叹了一口气。她对我的态度很不好。她没有权利那样对待我,因为我是顾客,可以问她有没有出新的一集。她对我的态度很不好,虽然她什么也没说,但她看人的方式让我感觉到了。当我听到她叹气时,我就知道她人不怎么样。哦,今天我不会去问她。她也许看到了我,希望我走过去问她。但我要让她知道,她根本不了解我,我不会再那么做了。我现在就去买报纸,但我仍然不知道该买哪一种。我先把报纸买了,然后或许在回头去公交车站的路上我会再从这里经过。那时候她也许去吃午饭了,我可以找那个喜欢抖腿的男店员,他态度一向不错。我想,他肯定比那个女孩更清楚到底会不会有新的一集了。

18

库尔特十一岁那年，星期五晚上经常独自一人在家。他父母晚上会去俱乐部，而他姐姐会在自己最好的朋友那里过夜——他一个人待在家里，没完没了地吃着薯片和巧克力。他鞋也不脱就躺在沙发上，把一杯可乐放在自己胳膊上并且尽量不让它洒出来，然后津津有味地观看电视里热播的《职业大盗》。但除了电视的声音之外，他还会听到别的声音——钟表的滴答声、冰箱的嗡嗡声以及楼梯突然发出的爆裂声——他敢肯定这栋房子正在看着自己。他会从一个房间走到另一个房间，打开所有的灯，有时也会大喊一声，但恐惧感依然挥之不去。他回到床上，睡一会儿，醒一会儿，等着听到父亲用钥匙开门的声音。他知道，即使躲到了棉被下面，房子依然在盯着他看。他感觉有某种恶鬼正游荡在自己周围。

第二天早上，他会跟妈妈讲起电视剧中的鲍迪是怎么又毁掉一辆汽车的，并且会站在厨房的油毡上做几个剧中多尔的动作，但他不会提起任何和房子有关的事、他听到的声音以及自己的恐惧。到了下一个周五，所有这一切都将再次重演。

十二岁的时候，库尔特一家搬进了新房子，所有这些戛然而止。但现在，当库尔特在死一般寂静的凌晨三点到五点之间独自一人坐在保安室时，他有时会听到背后有声音传来，或者清楚地感觉到南希的气息围绕在自己周围，小时候那种紧张的情绪会再次出现。

库尔特一边吃着夹了西红柿的沙丁鱼三明治，一边盯着自己映在办公室玻璃窗上的身影。他怀疑自从南希死后自己的容貌是否已经改变了很多：他的头发还是老样子，或许只是比以前多了些白发；他看上去依然显得忧心忡忡，但现在可能会比以前显得更焦虑了一些。他看了看自己的鞋子，心里怀疑南希是否喜欢过它们。没人知道，因为他自己也经常搞不清楚南希爱与恨的标准是什么。他如果在服装店试穿一件衣服，南希就会不停地讽刺挖苦他，"当心别把衣服撑破了！"南希曾说库尔特不够精明，库尔特也曾宣布南希愚不可及，并且总是用一些荒谬得令人费解的话来反驳她。南希又一次把库尔特买给她的一件上衣退了回去，因为她认为衣服上扣眼的位置不对。

库尔特怀疑自己脚上穿的这双鞋可能买错了——他不确定上面孔眼的位置对不对。他不再相信自己的判断力，但现在没人可以让他依靠。

丽莎回到店里时，发现整个店里现在有十二个货架上都摆满了皇后乐队《金曲选》的第一、二辑。今天早上还只有四个，当时丽莎就已经觉得太多了。但是，在和克劳福德进行了简单而有趣的交流之后，丽莎现在已经明确看到了他们的看法之间存在着较大的差异。

丽莎最后到柜台换丹去吃午饭时晚了五分钟，她遇到的第一个顾客是一个把眉毛高高地画到了额头上的中年妇女。

"能帮我看一下吗，亲爱的？"这个妇女问道，"皇后乐队的唱片在哪里？"

丽莎在去柜台的路上看到有八个货架摆满了皇后乐队的唱片，当她把这位顾客领到其中一个货架时，她突然想到也许这个女人是个瞎子，从她那画错了地方的眉毛就能看得出来。丽莎有时候怀疑，是否有些人宁愿自己是个瞎子。"帮我看一下"这句话她每天要听到好几遍，她不明白用自己的眼睛去看能有多难。她不敢肯定是否是极度的懒惰才使这些人要求别人用自己的眼睛来替他们代劳，或者是他们相信视觉是一种有限资源，所以他们哪怕是一丁点也不愿意耗费。

余下的时间照常花在了星期六下午的账目结算上。电视上为皇后乐队做的广告发挥了它们巨大的魔力，几乎每个顾客手中都抓着一张《金曲选》的唱片。昨晚，这些人的某个家人从电视上看到了这张已经发行了一年的专辑的促销广告，于是，他们现在不得不来买上一张。看着面前涌动的人潮，想到自己正在为这种市场操纵行为出力，丽莎不由得感到一阵恐惧。

丽莎一边把一些心思放在这些顾客身上，一边又开始像往常一样胡思乱想。她最近时常想起她的哥哥——可能是因为他失踪二十周年就快到了，也可能这只是记忆的一个正常循环。丽莎努力想从身边的人群里找到他那张脸，但她马上发现自己很难记起他的脸长什么样子。她没办法想象出哥哥现在是什么样子。

大多数人认为一个人完全消失是极其罕见而又难以发生的事情。他们相信，每个人最终都会再次出现——无论是死是活。但丽莎已经看到这样的事情在自己的生命里发生了两次,第一次是凯特·米尼,在她之后没多久,又是她自己的哥哥。

突然消失在丽莎看来似乎不算是一件很反常的事情:某个人突然从你的生活中消失不见是一件可能发生的事情。如果她男朋友埃德很晚也不从俱乐部回家,她会怀疑他可能已经永远离开了——掉到哪个地缝里再也回不来了。让丽莎感到恐怖的是,她也不确定自己是否真的注意到埃德消失不见了。多数时候,她似乎不记得埃德的存在。然而,哥哥的失踪给丽莎带来了巨大的痛苦,令她难以承受。似乎她的一半已经消失不见了,只留下她独自承受着巨大的伤痛。她和父亲一样,只能终日躲在生活的角落里苟延残喘。他们总是让自己忙个不停,努力让自己不要想起阿德里安。丽莎每天强逼自己去上学,完成老师们布置的作业,被要求讲法语的时候她就讲,独自一人坐公交车回家。她父亲每天忙着在店里照看客人,开车去批发商那里进货,在厨房的餐桌上数着成堆的硬币,并且一包接着一包地吃着薯片。另一方面,她妈妈如同死过一次一样,变成了上帝和当地五旬节派教会①那个看起来不太可靠的牧师的忠实信徒。

现在,丽莎知道失踪并不是那么罕见,每年都会有一万人发生这样的事情。全国失踪人员查询热线的网站上有她哥哥的名字——他的一张老照片被放在这个网站上,在他之前是许多最近刚刚失踪人员的照片。向下浏览网页,丽莎可以看到人的发型和衣领尺寸发生了巨大

---

① 五旬节派教会,基督教新教宗派之一,十九世纪发源于美国,强调直接灵感,信奉信仰治疗。

的变化。继续向下滚动网页，丽莎看到上面还挂有脸色苍白的维多利亚时代的失踪儿童，甚至一六四二到一六四八年英格兰内战期间逃兵的画像。这些照片和画像令人费解，上面的人一个个眼神空洞。阿德里安和凯特·米尼的照片被放在同一个区域。每年丽莎生日的时候，哥哥会给她寄来一盒经过编辑的歌带。没有写任何字，没有地址，也没有任何她可以辨识的信息隐藏在歌曲里。唯一可以知道的是哥哥还活着。

有些人——包括警察在内——怀疑凯特的失踪和丽莎的哥哥有关。这种怀疑令她哥哥难以忍受，最终导致他也失踪了。但丽莎从来都没有怀疑过他。

虽然丽莎只见过凯特几次，但凯特其实经常待在父亲的商店里。凯特和阿德里安关系很好，他们经常待在一起。丽莎从来不认为一个二十二岁的年轻人和一个十岁的小女孩做朋友有什么可值得大惊小怪的，她也不认为阿德里安大学毕业却选择在一家糖果店工作是一件很奇怪的事情。或许她父亲不这么想——但丽莎从不认为哥哥是个怪人。

一九八四年十二月七日，有人在伯明翰市中心的布尔街上看到阿德里安和凯特一起搭上了一辆公交车。从那以后，再也没有人见到过凯特。有许多目击者看到他们在车上坐在一起。其中有个人说他记得当时小女孩不愿下车，而那个男的却粗鲁地拽着她的胳膊往车下走。被警察质问时，阿德里安辩解说当时他答应凯特陪她去参加雷德斯波恩寄宿学校的入学考试。本来凯特不想去，于是他决定陪她去那里，好给她一些精神鼓励。他说当时凯特坚持不要他等她出来，于是他自己就离开了，但他一直把凯特送到了校门口，并且看着她走进了学校。

然而，阿德里安的故事有矛盾的地方。事实上，凯特那天从来没有到过雷德斯波恩寄宿学校，并且学校也没有见到她交上来的考试卷。

这个故事丽莎已经听过很多遍了。她在报纸上看到关于这件事的报道，还看到别人在他们家的墙壁上写下的谩骂的话语。但这些都不能动摇她对阿德里安的信任。只要你信念坚定，外面发生的一切都无关紧要。丽莎从来没有怀疑过自己的哥哥，她总是想尽力推测出凯特到底发生了什么事：到底是谁去学校把凯特给带走了。她幻想那是一个坏心肠的看门人，一个杀人如麻的球场管理员——即使这些情景真的都没有发生过，她也从不怀疑她哥哥。

丽莎的思绪又回到了现实当中，她发现商店中央一个中年男人好像迷失了方向。柜台前的人实在是太多，丽莎根本无法分身。因此，她只能看着中年男人呆呆地站在那里，任由一群群顾客从他身旁走过。她看到一个留着小胡子的年轻人故意撞了那个男人一下，然后骂骂咧咧地说他挡了自己的道。弗雷迪·墨丘利不停地向大家保证，人人都能买到一张《金曲选》的唱片。丽莎和那发呆的男子知道情况完全不是这样。

19

老库尔特对孩子们的品行要求很高。社区里的其他家长都把库尔特和他姐姐看做是品行优异的榜样：懂礼貌，不吵闹，爱卫生。老库尔特沉默寡言，当经济形势不好的时候，他和社区里的其他人一样丢掉了工作。经济危机来的时候，先是天然气厂关了门，紧接着炼焦厂也倒闭了，然后是其他工厂，其中包括老库尔特工作的大型机床制造厂。然而，和其他大多数人不一样，老库尔特很快又设法在制造行业里找到了一份新工作———一份真正的工作，他说。他每天早上四点半起床，然后坐两个小时的公交车到伯明翰郊区的工厂上班。老库尔特似乎是一个守旧的人：他工作勤奋，对女士彬彬有礼；他希望孩子们尊重他们这些长辈；他从来不带妻子一起逛街。

库尔特的妈妈帕特自然要比他爸爸温柔一些，在每件事情上都对丈夫言听计从。不管孩子们有什么要求，她总会回答说："你得去问问你爸爸。"老库尔特对每件事都拥有决定权，而一旦他做出了决定，那就不容置疑。全家人都怕他。他对乡村和西部情有独钟，而他对待这些的态度就如同对待生活的其他每个方面一样，严肃而又认真。每周五的晚上，他会带着妻子一起去当地的工友俱乐部，在那儿，每个人都穿着乡村风格的服饰，伴着吉姆·里夫斯和帕奇·克莱恩的乐曲跳舞。老库尔特对自己的打扮一点也不马虎，出门之前，他会很一本正经地把自己那套西部牛仔式的黑色衬衫熨平，并且仔细擦亮那顶黑色的宽边高呢帽上面的金属片。在俱乐部里，他只跳田纳西华尔兹和慢板舞曲。虽然姿势有点僵硬，但舞步还算到位。他总会请寡妇格里森太太跳上一支舞，因为他是一个绅士。

做这个男人的孩子意味着你要经受沉重的压力，而库尔特和姐姐总是感到自己不堪重负。面对这种压力，库尔特的姐姐选择了一种更加顺从的道路，而对于库尔特自己，他选择了逃避。大概在十岁那年，他开始逃学。父亲从来都不知道这回事：他伪造了病假条，尽量让自己的逃学行为不会引起大人们的注意。

离开学校的日子让他摆脱了每个人强加在他身上的期望，也是他走出父亲的阴影，做回自己的唯一机会。他这么做不是为了和父亲对着干，而是为了他自己：尽管想到有一天当父亲发现这件事情时，自己会为此而感到羞愧。后来有一天，他差点露了馅——他已经记不清楚是什么差点让这件事暴露的——总之是一些很糟糕的事情导致他差点被父亲抓住。这件事情让他感到害怕，于是，从那以后他不再逃学了。

在那次事情之前，库尔特经常逃学到住宅区附近废弃工厂破旧的建筑里穿梭游荡：老天然气厂里的储气罐，冷却塔，空荡荡的厂房，颜色怪异的水池，黑乎乎的小屋以及运河，没有铁轨的铁路路基等等。有些厂房已经完全倒塌了，有些只垮了一半，而冷却塔依然伫立在那儿，因为人们觉得炸掉它会有危险，所以等着把它一点点地拆除。库尔特的父亲和社区里的其他人就是在这些建筑里长大的，并且还在里面工作过。缺少了他们的身影后，这地方充满了忧郁伤感的气氛，而正是这种气氛吸引着库尔特在这里流连忘返。整个寂静无聊的下午，他都会在杂草和砖墙间四处瞎逛。他会在爬过墙上的一个窗户或窟窿后，发现里面又有一个巨大的水泥高台，周围散落着锈迹斑斑的金属边角料和一些挤压成形的怪异零件。他将这些东西塞进了自己的口袋。有时，他会跑到某个角落里挖几个洞来玩，一个人在这里尽情地撒欢。他喜欢听到那一卷卷的金属电线被风吹动时发出的声音；喜欢闻空气中散发的氨水的味道；喜欢那种地球上只剩下自己一个人的感觉；喜欢冲着斑驳的墙壁胡乱大喊两声。而唯一让他不喜欢的是，他有时不得不朝着那些探头探脑的野狗扔石块，把它们赶走。

库尔特发现"长英亩"区一家旧工厂院子的地上有一个四方形的大洞，洞的一侧固定着一架生了锈的梯子，一直通向漆黑的洞底。库尔特花了很长时间来观察这个洞，他想下到洞里去看看，但下去之前，他得先确定那下面没有什么可怕的东西。他趴在洞边，探头向下张望，希望能看清楚洞里的情况。有时候，太阳的移动会让阳光照到洞里更深的地方，但库尔特还是无法看到梯子的尽头延伸到什么地方。他怀疑下面是一个坟墓，或者是存放危险化学物品的地方，或者是关押那些不好好干活的工人的场所。他甚至怀疑下面有宝藏。

一天，库尔特偷走了父亲放在厨房水槽下面的手电筒。他用手电筒去照那个洞的深处，但依然看不到底。他沿着梯子慢慢地下到洞里，可当他看清楚下面到底有多深时，他开始感到如果没有带手电筒的话，这该是一件多么恐怖的事情。于是,他加快了速度,几乎是一路顺着梯子滑了下去。到达洞底后,他大吃一惊。他用手电照了照四周,看到下面的空间有一间教室那么大。下面的空气阴冷潮湿,地上散落着一些纸张。库尔特随便捡起两张,用手电照了照上面,都是一些说明手册之类的东西:发黄变脆的纸上画着一些机械绘图和公式。洞里乱七八糟的什么都有:一个上面什么都没写的可以滚动的旧黑板,一些机械部件,一把破伞。他慢慢地走到空间的尽头,没有看到啤酒罐或任何最近有人来过的其他迹象。库尔特肯定自己发现了一处遗迹——他是第一个到这个失落王国来的探险者。来到远处一个角落后,他回身去看入口,发现手电筒的光线根本照不到那么远,他顿时吓坏了。他能看到的只有这个被废弃的没有出路的空间。一股恐惧突然涌上他的心头:这个世界上没有人知道这个时刻他在哪里,他完全从地球上消失了。这种感觉从四周向他挤压过来,令他喘不过气来。当他完全被这种可怕的感觉笼罩时,手电筒突然没电了。黑暗淹没了他,有那么一会儿,他认为自己已经死掉了。他在黑暗中四处乱窜。他摸爬了一阵后终于摸到了梯子。他赶紧向上爬去,顾不上擦伤的膝盖。他感觉下面有一种邪恶的力量正在向下拽他的腿。

库尔特意识到他的隐秘之地和他那片寂静的工厂游乐场从此以后将一去不复返了。他曾看到有人在那里搭起了脚手架,但那些脚手架现在已经拆除,让位给了不远处新开张的一家购物中心。他父亲已经明令禁止家里人到新开的绿橡树购物中心去,因为这个购物中心就建在他原来工作过的工厂的厂址上面。他认为这家购物中心是对整个地区的一种侮辱。虽然女人们可以在里面工作、购物,但它却没有创造任何有价值的东西。然而,库尔特对那里很好奇,他想去看看那里的魔鬼是否还依然存在。

丹一头冲进了员工休息室。

"真他妈的见鬼,坐那该死的电梯下楼整整花了我十分钟的时间,就是因为电梯里那些该死的黑鬼们按了每一层楼的按钮,然后每次电梯停的时候,他们像弱智一样在那里叽叽咕咕没完没了——嗨——令人不可思议的是电梯只是通向——没错,你猜对了——购物中心的另一层楼,你还以为电梯门打开后可以看到哈勃望远镜里看到的景色呢。"

"'我们到哪儿了?''这是游乐场那一层吗?''我不知道,这是五楼。''五楼都有什么?'"

"我的天啊!这些人是怎么从自己家的大门出来的?最后,我终于到了一楼。我从那群不断兜圈子、叽叽喳喳讲个不停的鹦鹉当中挤了出来,走到马克斯和斯宾塞快餐店吃午饭。结果,排队时,我站到了那个手指僵硬的怪女人的队伍里,我给她记了时,发现她花了整整四十秒才打开每个袋子,把三明治装进去。真他妈的难以置信。我想如果我也那么紧张的话,我肯定会得心脏病的。他们为什么要让她来收银呢,她这辈子有一件事是做不了的——把三角形的塑料盒子塞进正方形的塑料袋里。他们应该给她发一副橡胶手套——或者干脆把她的手砍掉得了,因为那双手对她来说没什么用。所以,你知道了——在我望眼欲穿地等了好大一会儿后,我终于拿到了三明治。最后,我又赶回来上班,再次忍受那该死的电梯。现在,我的午餐时间还剩下二十分钟。我向上帝保证,如果冰箱里没有牛奶了的话,我就用一把生锈的勺子把自己的鸡巴切下来。"

"冰箱里确实没有牛奶了。"丽莎随口告诉他。

丹眨了眨眼,叹了口气后一屁股跌坐在椅子里,整个人趴在了桌子上。

员工休息室放在角落里的垃圾桶发出阵阵恶臭,地上也到处散落着快餐的碎屑,大家都在等着保洁员来把这些清理干净。"你午餐都吃了什么?"丽莎问道。

丹头也不抬地回答道:"蒜蓉干酪无盐薯条,奶酪葡萄三明治,'又大又厚还霉味',嗯……是美味,另外还吃了一罐空心甜饼做饭后甜点。"

"我的天啊,这么奢侈。你以为你是卡利古拉[①]吗?"

丹抬起头,来回看了看自己周围。"是的,没错。我就是那有着丰功伟绩的卡利古拉,正享受着快餐的芳香。我为我的奢侈行为道歉。我明白,在这儿工作,尤其是星期六的时候,给人带来一种痛苦,而要减轻这种痛苦,你就只能通过吃东西——今天你吃的又是什么?"丹打量着丽莎手中拿的灰白色的自制三明治。"哦,老天。哦,天啊,不会吧——鱼酱三明治?不是真的吧?你知道,战争已经结束,我们不再实行食品配给制度了。你为什么不滚到办公室去吃呢?我认为那才是经理们应该度过自己三个小时午餐时间的地方。"

丽莎笑了笑。"你知道,我是一个双重间谍。我喜欢到伙计们中间

---

① 卡利古拉(12—41),罗马皇帝,专横残暴,奢淫无度,后被刺杀。

转一转，然后再回办公室把你们的坏话报告给高层。我就是通过这么不断地出卖那些异己分子才得到了现在这个位子的。"

"狗屎。"丹一副大吃一惊的样子。

"你今天过得怎么样？"丽莎接着问道。

"还是老样子。最多也就是多了一次看到人的机会，有时候，我真渴望能碰到一个标准的疯子——你知道，一个固执的强迫症患者，一天到晚担心自己错过了《公车故事》①中的情节的人。你见到最多的是那些心智健全的人，我已经听到大约四百一十七位顾客抱怨他们想买的 CD 的价钱比上周贵。所以，我向他们解释，那是因为我们的大减价在星期四的时候就已经结束了，他们全都看着我，眨着眼对我说：'但我现在想买。'我尽可能礼貌地告诉他们：'哦，那恐怕现在只能是全价了。也许你在星期四我们商店到处悬挂条幅，宣布"今天是减价的最后一天"的时候就应该买了它。'然后——那就是今天让我气愤不已的事——他们说：'这不合法。'

"那是什么法律？他们从哪儿看到这么一条狗屁法律？肯定是从《监督人》②的剧情里和玉米片盒子背面的说明中拼凑出来的一些疯狂的乱七八糟的说法，这些狗屁说法可行不通。虽说他们蠢得居然不知道我们一年当中只有八天时间不打折，但我还是很平心静气地听他们在那儿唠叨，我知道从明天开始商店里又会开始新一轮的打折活动。我就站在那里听他们那些狗屁话，无动于衷，因为我知道楼上有

---

① 《公车故事》，英国于一九六九至一九七三年间推出的喜剧电视连续剧。
② 《监督人》，英国广播公司于一九八〇年推出的电视杂志节目，通过对公司经理、消费者等的采访以及街头暗访来探讨消费世界的热门话题。

一千五百张 CD 正在被贴上打折标签，然后被摆上货架低价出售。要是在以前我或许早告诉他们了，但今天，哦，才不呢——"

"那真是一个了不起的胜利。"丽莎说道，可丹对她这句插嘴的话置之不理。

"后来，一个打扮得漂漂亮亮的女人来到柜台前向我询问。我不知道为什么，但她身上有些东西让我从一开始就对她心生好感。她长着一张漂亮的脸蛋，你知道，看起来她不像是要生气或抱怨的样子。她问了我一句什么，但我没听懂她的话，听起来有点含混不清。我不知道她是否最近刚去看过牙医，或者她耳朵不好，又或者她说话有问题，或者是别的什么……但你知道，不管怎样，那都没关系，我很乐意帮那些不是来跟我抱怨折扣的顾客。所以，我请她重复了两到三次，但真的是很尴尬，因为我一个字也没听懂。我不停地向她道歉，最后，我想，我是不是应该拿纸笔让她写下来？那会不会让她生气？这样做会不会有点不合适，或者对她是一种侮辱？但实在是没办法，柜台前面已经开始排起了长队，所以，我递给她纸和笔，而她似乎眼前一亮，好像在说：'好极了，我怎么没想到呢？'于是，她把她的问题写在纸上，而我自己感到很高兴，心想这个世界上还是有人值得你花时间帮他的。写完后，她微笑着把纸递给我，我也冲着她笑了笑，然后看到上面写着'可怕地发现碟片里没片影'。"

"什么？"丽莎疑惑地问道。

"没错，'可怕地发现碟片里没片影'。实际上她就是这么说的。接着，她满脸期待地看着我，冲我点头，好像是在问我：'现在你清楚了吧？'"

"然后你是怎么做的？"

"我只是点了点头，以此表示我完全明白，一切尽在我的控制中，然后告诉她，她得到五楼去问迈克。"

某青年
楼上三区某商场

现在是三点，三点钟。我们靠在楼层边的栏杆上，我们下边一层有几个女孩子，就在巴斯金—罗宾斯商店的旁边。她们一共四个人，其中一个梳着布兰妮两年前的发型，一条看起来不像是正品的巴贝利围巾遮住了她的半张脸，但你依然能看出她长得挺漂亮。她手上拿着手机，正在看上面收到的短信。她时不时地故作震惊，但也不断发出笑声。尽管我只能看到她的眼睛，但她似乎长得挺漂亮，就像蒙面的日本忍者一样。托德会喜欢她这种类型的女孩子，要不了多久他肯定会这么说，然后他会说基翁可以找那个长得有点黑的女孩儿，加里可以找那个高个子的女孩儿，而他会看着我，告诉我他没想过我该找什么样儿的女孩子。我也不会喜欢这几个女孩儿，因为我看清楚了那个女孩的脸，她长得并不漂亮。她不该把围巾取下来。现在我们站到了她们所在的那条过道上，她们已经看到了我们。托德开始故意和基翁打闹，他喊着滚蛋，并骂基翁是个讨厌鬼、王八蛋，嗓门比平时高很多。我看着那个取下了围巾长得不漂亮的女孩儿，她正低头向下看购物中心的出口，没有像其他女孩子一样嘲笑托德和基翁。我更想找其他几个女孩儿，但虽说她不漂亮，胸部也不丰满，我还是会去找她做伴儿。我想晚上的时候和托德、基翁、加里分开,然后到公园里坐坐。我想坐在池塘旁边的长椅上,你只能通过我抽薄荷烟的橙色烟嘴认出是我坐在那儿。坐在长椅上可能会有点冷,但会有个女孩儿坐在旁边陪着我。我会把她的名字刻在椅子上,然后在旁边也刻上我自己的名字。我会给她买一颗永恒的钻戒,我要让我老爸滚开,别来打搅我们。我会给她买她喜欢听的歌,我会让托德也滚开。现在,托德正在递一支香烟给那个漂亮的女孩儿,基翁和加里正纠缠着边上那两个,而我的女孩头也不回地走开了。

20

丽莎了解很多种闹钟,她知道这些闹钟在这个世界上并不招人喜欢。闹钟也知道自己的处境:如果人们只是大声喊叫让它们滚开,这还算是好的;要是不好的时候,人们可能会狠狠地把它们扔到地上,摔得七零八落。丽莎对闹钟无效的自我防卫手段感到十分好笑:装扮成可爱的卡通形象,或者印上大家最喜欢的足球队——之所以说无效是因为即使是一个可爱的孩子也宁愿把一个斯努比的脑袋碾得粉碎,而不愿去忍受它们那可怕的噪音。丽莎已经在买闹钟上面花了大量的时间,她发现自己用坏一个闹钟和用完一支牙膏的速率同样快。频繁的更换主要源于两个方面——首先,闹钟的自然损耗:被摔到墙上,扔出窗户,丢进厕所的马桶里;其次,使用者对闹铃产生了自然抵抗力,从而导致闹钟失去作用。所以,每次她新买的闹钟都必须比上一个铃声更大。丽莎不得不承认,最近的这个闹钟买得特别成功,现在,这个闹钟她已经使用了十七个月了。丽莎过去对价格和效果之间的关系估计错误,她浪费了太多的钱去购买博朗公司或一家瑞士邮购公司的昂贵闹钟。最近这个新闹钟只花了她一点四九英镑。它通过数字显示时间，是轻质塑料做的——轻得当你想把它扔出房间时根本就扔不远。这个闹钟让人感到惊讶，它不能发出清脆的"哔哔"或"叮铃"声，但可以很大声地"嗡嗡"响个不停。这种声音让人浑身难受，人整个像要散了架一样。每次听到它，丽莎感觉自己想要呕吐，这种声音顶多可以让她忍受一点五秒。

今天不用上班，没什么比不上班的时候可以连着四十八个小时都不用听到闹钟那令人呕吐的嗡嗡声更好的了。阳光已经照到了床上，丽莎还在梦里，她梦见自己正在开枪打自己曾经养过的一条狗，而她哥哥正一根接一根地向围墙外面丢骨头。枪声好像越来越大，她从梦里醒了过来，听到外面一个德国人的声音正在尖叫："我的天，啊——！"她走到客厅，看到埃德正坐在地上玩一款叫做《荣誉勋章》的游戏，音量开得很大。

丽莎和埃德住在一起，连她自己也常常疑惑这是怎么发生的。当然，埃德也在"音乐世界"上班——丽莎就没有碰到过其他类型的人。他们一年前开始谈恋爱，现在彼此都没有了精力和动力离开对方。她通常都会累得懒得去想这件事，就是不太累的时候，也会找点别的借口来逃避。尽管他们在同一个地方上班，但因为班次不一样而且负责的部门不同，他们甚至很少能在唱片店碰面，而当他们都待在家里又都不睡觉的时候，又会有太多的事情需要他们处理。丽莎心想，难得两个人都不用上班，自己应该感到高兴才对。她端着一碗玉米片坐下来，盯着电视屏幕。埃德正忙着在游戏里解放整个欧洲。

丽莎：你今天怎么打算？

埃德：就是放松一下。

丽莎：哦，但怎么放松？你想做点什么？

埃德：什么也不做，这就是我说的放松。我整天在班上忙个没完，今天我什么都不想做。

丽莎：你不想出去到哪儿走走？外面天气看起来不错，我们应该离开这里，出去走走。

埃德：我们什么都不应该做。我想休息一下，在这儿玩玩游戏。如果你愿意，我们可以整天都吃面包，躺在沙发上看碟。

丽莎：那似乎有点浪费。

埃德：浪费什么了？

丽莎：浪费时间……还有生命。

埃德：那才是生命的意义，不是吗？人没死之前一直都在浪费时间，你不得不浪费时间。

丽莎没有再听埃德讲话，而是扭过头，看着外面的蓝天。她的目光一直停留在那儿，直到她的内心迫切地想要高喊："走出家门。"丽莎知道自己总是这样，休假的时候整个人总是沉浸在某种状态之中。她对休息时间的安排期待过高，结果发现自己怎么也无法实现那些目标。她仔细审视每一分钟，努力衡量自己是否最有效地利用了时间，直到最后她对自己的优柔寡断和苦闷不安变得麻木不仁。丽莎无法坐在那一动不动。她站起身，想找些值得的事情做做，但发现无事可做。她每天都要在方圆五十英里的范围内来回奔波。她曾经尝试着花一整天的时间到其他城市旅行，到山上走很远的路，在阴雨连绵的下午去逛冷清的集镇、野生动物园或者画廊……而埃德每次总是会抱怨："这难道不比在家休息更浪费时间吗？"对此，丽莎从来没有做出过回答。

埃德认为丽莎不愿意待在家里是因为他们的房子不好，因此，他总是缠着丽莎去看建在运河边上的新公寓。他说如果他们在那里找套房子住，或许丽莎从此就会喜欢待在家里不往外跑了；而如果她的家在一个风景优美的地方，她或许可以更好地应付工作。埃德向丽莎描绘了那种坐在阳台上慢慢品尝着冰镇过的白葡萄酒的奢侈生活。听到这些，丽莎想象着在阳台上看到的绿橡树——那将是一幅全景图，里面都是喜欢在屋顶上过瘾的吸毒者。她想象着自己会依然生活在绿橡树购物中心的阴影里，想象自己还要背负沉重的房贷压力，但又心想或许自己只是在拒绝长大。后来，她答应了埃德去看那些最便宜的——依然是贵得要死的——公寓。

丽莎发现已经十点半了，看到休息日就这么白白地流逝，她感到一阵恐慌。她努力不去想那个期待中的邮寄包裹。她有一种迷信，如果你在等待什么事发生的话——比如收到包裹，接到电话，盼望救世主来临——那么它就肯定不会发生。你必须抱着不在意的态度，然后它才会如你所愿。整个星期，她都惦记着哥哥可能会寄给她的包裹；她每天想的第一件事就是这个。今天，她不再故意去忘掉它。

"有人寄东西来吗？"

埃德继续玩着自己的游戏。"我不知道，我还没到门口去看呢。你为什么老问有人寄东西没有？"

"那是因为好久没人给我们寄东西了。"

"你是不是在想会不会有人突然告诉你中了一大笔钱。"

"我在等一份生日礼物。"

埃德回头看着丽莎。"你的生日是上周，你是不是想跟女王一样过两个生日？"

"我知道自己什么时候过生日，有一份生日礼物是我一直期待的，但我没有收到。我在担心它是不是在邮寄的过程中给弄丢了。"

"你不喜欢我那份礼物，是吧？我就知道你不喜欢。"

"你瞎说什么呢？我不是说你的礼物，我说的是别的东西，是别人的礼物。"

"是吗，但很明显你很担心，你担心自己错过了那份礼物。我敢打赌你是不会这么在意是否收到我的礼物的。"

"我说，你的礼物是从'音乐世界'买的一张 CD，即便丢失了，我也能比较容易地补一张。"

"从'音乐世界'给你买礼物难道犯法吗？难道我就一定得到别的商店，或者花几个小时在街上乱逛却不知道该给你买点什么，这样买到的礼物才好是不是？"

丽莎实在没什么精力来回答埃德，她根本就没有这么想过。"不，你送我的 CD 很好。我很喜欢，真的，我没开玩笑。"

"难道只是因为丹送了你一本女人看的画册？可那并不意味着他就一定比我多花了心思。"

"是的，我知道。"丽莎撒了个谎。

"那么，你在等谁的礼物？"

"我哥哥的。"

埃德又沉浸到自己的游戏当中，他正在一家废弃的咖啡馆里解决几个埋伏在上面一扇窗户后的狙击手。"我不知道你还有个哥哥。"他咕哝了一句。

"实际上我也不知道。"丽莎说道。

或许到运河边走走也不错,她强迫自己接受了这个念头。

库尔特正目不转睛地注视着一个人,这家伙有可能就是在绿橡树电梯里拉屎的那小子。整整寻找了四年,可仍然没有人能辨认出他。每次说起他来,保安们都满怀敬畏:这里的电梯四面都是透明的玻璃——他是怎么神不知鬼不觉地做到的?有人猜电梯里的屎是那家伙带进来的,但库尔特相信那家伙的动机不是带不带屎,而是拉屎这一行为。现在,库尔特看到了一个男人。这个男人穿着灰色外套,戴着一副经典的造型夸张的厚镜片眼镜,正坐着电梯上上下下个没完。库尔特发现,每次电梯门打开的时候,这个人总是想在外面的顾客进入电梯之前关上电梯门。

当看到瞎子戴夫出现在二楼的时候,库尔特开始不再关注电梯里的那个男人,他觉得自己有必要提醒其他保安注意戴夫的行踪。瞎子戴夫是绿橡树里的常客。人们普遍认为瞎子有一部分超自然的能力,这种能力可以让他们看清道路,并且感觉到身边的事物,但戴夫显然并不符合这条规律。他总是会被路上的障碍物绊倒,而且喜欢不顾一切地抱住任何出现在自己面前的垂直固定的物体,就像一个在水上漂浮了数周的人一样。他把白色的手杖抬高到膝盖的位置去探路,结果总是难以发现楼梯的台阶和离地不高的东西。他曾经有两次从三楼的楼梯边上摔了下去。当他站在那里不走动时,戴夫的身子会剧烈地前后摇晃。有一次,似乎没有意识到自己的前面就是中央喷泉,结果因为向前摇晃得太厉害,他一下摔倒在池壁上,然后再一头栽进水池里。

保安们大多怀疑戴夫其实并不瞎,而现在库尔特看到,戴夫似乎正目不转睛地盯着蒂克森店橱窗里的游戏机。看了一会,戴夫似乎回过神来了,抬脚向前走去,结果"砰"的一下狠狠地撞在了橱窗上。戴夫沿着过道继续磕磕绊绊地向前走去,库尔特目不转睛地看着他的一举一动。看到他走过来,人群全都散开,于是,在他周围三十英尺的范围内明显形成了一个空旷地。一个站在自动提款机前面的女人没注意到戴夫的出现,结果两人一下子撞了个满怀。

库尔特想起今天是自己的生日,他微微地叹了口气。他清楚地记得,自己已经在绿橡树度过了多少个年头,不知道自己还要在这里待上多少年。他会想起十三年前自己来这里面试时的情景。当他被领进保安室时,一个带路的大耳朵年轻保安坦率地告诉他这是一份领着狗屎薪水的狗屁工作,并且绿橡树是最烂的一个地方。他劝库尔特去考大学,然后找个好点的工作。库尔特对此不以为然。当时他只有十七岁,没有任何学历证书。从离开学校那一刻起,找工作对他来说一直就不是什么容易的事情。

在库尔特即将参加高中毕业会考的那一周,他爸爸得了脑溢血。库尔特没有去参加考试,他连着几个月都待在家里帮妈妈一起照顾爸爸。所以,是因为他爸爸,库尔特才结束了自己的学业,不得不到绿橡树来上班。当时没有别的选择,毕竟赚钱才是最重要的。

库尔特记不清自己第一次到绿橡树购物中心时的情景了,只记得在逃学的那段时间,他曾经把它当作一个目的地好好地谋划了一番。他还记得自己曾经很强烈地希望能到父亲以前工作过的工厂所在的地方去看一看。库尔特对那家工厂印象十分深刻,所以,他不相信那里一点痕迹也没留下。他确信在某个角落或墙角，自己还可以看到一些已经发黑的工具或生锈的阀门。在以后的几年里，作为绿橡树购物中心的一名保安，他看到了一些原来建在那里的旧超市和汉堡牛排三明治餐厅塑料红房子的照片，但他却忘了绿橡树是什么时候开业的——这是他记忆中的另一个空白。

库尔特的妈妈仍然从不迈进绿橡树一步，她还是像往常一样对丈夫言听计从，她是为数不多的几个仍然固执地到当地所剩无几的商店中去买东西的人之一。去那些商店有点困难，因为公交车在那里已经没有站点了。但库尔特的妈妈帕特会步行两英里，推着自己的格子布小推车翻过小山到那里去。库尔特经常坐在公交车上看到她迎风站在路边，当川流不息的车辆隆隆地驶过街面时，她会一步一步地向后退缩，躲避着汽车后面那滚滚的黑烟。破旧的海伊街是一个糟糕的地方，那些封了木板的商店门口整天坐着那些神出鬼没的吸毒者和酒鬼，到那里买东西的退休老人无一例外全成了他们偷盗抢劫的目标。当地的报纸几乎每周都会在头版刊登一两起发生在那里的骇人听闻的惨案。他们会配上受害人的特写，图片里的老人鼻青脸肿，伤口四处缝针，泪汪汪的老眼中充满了怒火，似乎可以把报纸都点着。五十五岁的帕特可能是到海伊街买东西的女人中年龄最小的，她给报纸和市政委员会写信，告诉他们自己对那里的现状万分痛心。她还不断向警察们投诉在那条街上徘徊的酒鬼们。她经常会陪那些胆战心惊的老人们到那里去买东西，或者有时干脆帮他们把东西买回去。

与此同时，库尔特的爸爸整天靠着垫子坐在他那张帕克·诺尔公司制造的沙发上，对帕特为他所做的牺牲熟视无睹。脑溢血让他完全失去了行动能力，而且似乎也没有了任何知觉。没人知道他对自己周围的世界还有多少感觉。他整天一动不动地坐在那儿，呆呆地看着前方，没有任何反应，只是他以往的发号施令和奇怪的威胁还是没有消失。库尔特发现爸爸的存在令自己感到害怕。他感觉爸爸已经知道了自己现在的工作。他感觉到了来自爸爸的那种鄙视，他看不起自己穿着那身制服，整天除了看女人们的穿着打扮和驱赶小孩子之外就是无事可做地到处晃悠。父亲曾经干了一辈子的体力活，他又是为了什么呢？难道只是为了让自己妻子在去买便宜肉的路上谨慎小心地提防那些瘾君子和歹徒？或者是为了让自己的儿子干着每个小时四点二五英镑的工作，慢慢把自己变得神经兮兮的？

　　库尔特的注意力又回到了电梯那里。他看到当瞎子戴夫把自己手中的盲杖探进电梯时，那个戴着厚底眼镜的男人想极力避开他。戴夫走进去后，电梯门在他们身后关上了。

21

她锁好后门，穿过维修通道，走进了购物中心。今天下班有点晚。不知电脑是头痛还是怎么着，就是不愿意将今天的各种数据统计出来，丽莎只好耐着性子慢慢将它们整理出来，结果被耽搁了。她向来没有夜深人静时一个人加班的习惯，每当天黑时，她总是想尽早回家。暗灰色的煤渣砖墙壁上隐藏着一扇暗灰色的门，墙壁的另一面装有镜子。丽莎推开门，来到了购物中心的西部。

这里灯光暗淡，她来到供顾客们使用的通向停车场的门口，却发现门已经上了锁。她回头看了一眼昏暗的购物中心，心头感到一阵恐慌。她以前从来没有独自在这里待到晚上。周围没有绿橡树电台的声音，没有各种机器发出的嗡嗡声，没有任何响声。相反，周围只有她不熟悉的鲜明轮廓和黑影，连空气也是那么的寒冷。

她知道维修通道里有通向外面的紧急消防出口。她隐隐约约地记得，有一天晚上和其他几个员工盘存到深夜后，曾经顺着一条非常复杂的线路去了停车场，但她这会儿怎么也想不起来那条通道。她决定先去喷泉那里，保安们白天喜欢聚集在那里，希望这一刻也有某个保安在那里巡视，她可以请他替她开门。

她从灯光暗淡的店铺面前走过，看到店铺里一片狼藉，都是人们疯狂采购后留下的——地毯上散落着被人践踏过的轻薄透明的派对女装，做样品用的左脚运动鞋杂乱地堆在地上，CD货架上有零食吃完后随意扔在那里的包装袋。她不由得怀念起了购物中心白天到处可以隐约听到的音乐声。她想知道是谁想出了那么一大早就播放音乐的点子，也想知道为什么晚上要把音乐关掉。她喜欢一大清早就听到那音乐，因为那音乐使一切都显得有点不真实。她知道，如果现在能听到那音乐，自己会感觉好一些。

她走到了喷泉旁，可周围连个保安的影子都没有。她感到内心深处某个地方有一种恐惧开始蠢蠢欲动，她只好竭力让自己平静下来。她想起了自己早晨那些滑稽可笑的动作，意识到如果此刻有保安看到她的话，她确实显得形迹可疑。她非常害怕被某个监视摄像头拍摄到。她当然可以解释停车场的门锁上了，但她估计他们不会相信她。他们会搜查她的包，认定她不是下班回家，而是用自己的钥匙重新回到了购物中心，为的是偷商店里的东西。

丽莎越来越相信自己的一举一动早已处在了他人的监控范围内；她感到自己仿佛处在众目睽睽之下，这让她非常害怕。有人在监视她，却没有人来帮她。有人在观察她，对她进行评估。她转身向装有镜子的墙的那扇门走去，准备碰碰运气，找到维修通道通往停车场的那条道路。她急于躲开那些摄像头，再次逃出他人的视线范围。

整整四十分钟，她在通道里摸索着，心中越来越绝望。她突然看到前面远处昏暗的通道里闪过一个保安的身影，随即一拐弯不见了踪影。这时,她的惊恐已经远远超出了急于逃出这迷宫的心情,她远远地跟在后面,希望能神不知鬼不觉地跟着那保安到达出口。她与那保安保持着很远的距离,并且尽量与他保持着相同的步伐。她跟在他身后向前走去,心情慢慢平静了下来。他的身影让她想起了自己的哥哥。恐惧渐渐淡去,信心一点点地慢慢回来,她觉得自己越来越像她每天早晨所扮演的那个狡猾的恐怖分子。现在是她在监视别人。

十一点左右,巡逻中的库尔特突然站住脚,屏住了呼吸。他调动脸上的肌肉,侧耳聆听,他想听听除了荧光灯发出的轻微的嗡嗡声、排风扇发出的更加轻微的响声外还有什么动静,但他什么也没有听到。他一直沉浸在自己的思绪中,不知道自己有这种感觉已经多久了。他继续向前走,现在的一举一动只有那些认为自己被跟踪的人才会表现出来。他从来没有想过可以顺原路返回去——这个主意根本不可取,也根本没有在他的脑海里闪现过。他知道自己完全可以按一下对讲机的按键,呼叫斯科特。他知道有人跟在他身后。

他扭头,再次向昏暗的通道尽头望去,但那里连个人影都没有。刚才真不该调头回望。那空空荡荡的长通道让他非常害怕。他知道通道里并非真的空空荡荡:有东西隐藏在那里。他继续向前走,竭力想回到自己刚才被打断的思绪上去,可他却怎么也想不起自己刚才在想什么。他两次停下脚,两次侧耳聆听,两次向后望去,但两次什么都没有看到。

过了大约三四分钟,库尔特终于转过身,冲着后面喊道:"那里有人吗?"他身后二十英尺远处的一根横梁后出现了一个姑娘,背包上挂着一个穿了西装的绒毛猴玩具。

22

丽莎从管道后面走了出来。那位保安从正面看上去不太像她哥哥——只是体形有些像。他也显得很紧张。

她吃不准自己该说什么，沉默了片刻后，她开口说道，"我迷路了。"她开始解释事情的缘由，说自己只是想赶回家，但她的声音越来越轻，因为她发现他根本没有在听她解释，而是将目光死死地盯在她挂在背包上的那只绒毛猴玩具上。

"那是你从哪里弄来的？"他问。

"我在维修通道里发现的，塞在一个管道背后。也许我不该将它拿走，可我很喜欢它的造型……"她停顿了一下，然后又自作聪明地补充了一句，"而且上面有个挂钩。"她意识到自己说这番话时像个白痴。她刚才一直在提心吊胆，现在话太多。她依稀觉得自己以前在购物中心见过这位保安，可他仍然死死盯着那只绒毛猴，一言不发。

"你吓着我了。"丽莎说，这句话似乎终于将他从自己的思绪中拉了回来。

"对不起，你也吓着我了。我以前见过那个绒毛猴，好像是个小女孩的。有天晚上,我在监视器中看到了她,也许她后来一直都在这儿,晚上过来躲在这里,还带上这个绒毛猴。"库尔特又陷入自己的思绪中。过了一会儿,丽莎干咳了一声,清了清嗓子,他赶紧接着说道,"我只是觉得我应该多下点工夫去找她,也许她遇到了麻烦。"库尔特闭上了眼睛。丽莎望着他的脸,在他脸上看到了疲倦,也看到了一丝忧伤。她担心他真的睡着了,伸手碰了一下他的肩膀,他睁开了眼睛。

"你应该尽量找到她,"她说,"也许她是离家出走的……"她停了下来,想起了自己的哥哥,不由自主地说道,"如果你愿意,我可以帮你。也许她见到女人就不会那么害怕了。我们可以找到她,和她聊聊。一个人待在这地方很害怕。"

他望着她。"你为什么想帮我?"

丽莎一时不知该如何回答,于是,便实话实说,"因为我已经在这里迷失了很多年——也许你也一样——但我们可以救她。"

保安领着她向出口走去。

两天后的晚上,库尔特在喷泉旁等待着。她说她要到十点半左右才下班。他告诉斯科特,说她请他带她在维修通道里走一圈,免得以后再迷路。

她来了,他们沿着昏暗的通道向前走,一路察看着任何人在那里活动过的迹象,尤其是孩子的活动迹象。库尔特每晚巡视时都从这里经过,因此真的不知道他们会在这里发现什么:一些像童话中那样给他们指路的记号,也许是留下的一张张糖果纸。丽莎带了一包糖果,正忙着把糖果放在她认为那孩子可能会看到的地方。她在每粒糖的旁边放了一张纸条，上面写着："我捡到了你的绒毛猴玩具。到'音乐世界'店来找丽莎。"库尔特担心其他保安可能会发现这些纸条，然后产生淫念，但他什么也没说。

两个人都感到有些不自然，相互交谈也有些别扭。他们聊起了这个孩子，推测她会是谁，为什么要躲在购物中心。库尔特将自己亲眼所见的情形告诉了丽莎。他们的推测终于有了一个共同点：两个人似乎都对暗淡的现实没有好感。库尔特说那女孩或许是狄更斯笔下某个儿童盗窃团伙的头目，住在通风管道中，偷窃绿橡树购物中心那些看似有钱人的手帕和怀表。丽莎说那女孩或许是个怪僻的亿万富翁侏儒，不仅拥有绿橡树购物中心，还拥有世界各地无数个其他零售/休闲中心。库尔特说那女孩或许刚来到人世就被遗弃在了购物中心，由维修通道里的一群老鼠养大。丽莎说那女孩手中的笔记本显示，她或许只是一个贪得无厌的孩子，整天整夜都在忙着列一份圣诞节索要礼物的清单。

库尔特不再像刚才那样感到紧张。巡视时身边多一个人确实是一种奇特的感觉，但他还是很喜欢有人相伴。他想知道丽莎觉得他的鞋子怎么样，他不知道自己是否能请她发表一下意见。

凌晨一点，他们来到了垃圾场区。通道外面是一片凹地，大小如飞机库，里面摆满了一个个巨大的垃圾箱，绿橡树购物中心的所有垃圾都在这里。白天在这里负责的埃里克和托恩，他们捍卫着那些垃圾箱，以不成文的方式瓜分了这片天地，其中那些怪异、微妙的约定只有他们自己清楚。聚苯乙烯泡沫块进一个垃圾箱，非泡沫块进另一个垃圾箱；塑料包装纸进一个垃圾箱，气泡垫塑料包装材料进另一个垃圾箱；食品和普通垃圾装在一起，木头和金属装在一起。但有时候政策会发生变化，然后这一切就会变得异常糟糕。虽然不同垃圾收集群体之间的联盟与分裂似乎每天都在发生着变化，但埃里克和托恩居然能相安无事，从苦中寻乐，这不啻为一奇迹。库尔特巡视时常常在这里停留片刻，与他们聊上一会儿，可就在他们闲聊时，埃里克和托恩仍然死死盯着商场那里，不辞辛劳地剖析着那里出来的各种纸箱和货箱，以确保他们之间的约定被严格执行。

偶尔会有绿橡树购物中心某位新来的或者脑子有问题的雇员将完好的包装箱、展品架和大垃圾袋扔进他们面前的第一个垃圾箱中，然后便会引起戏剧性的后果。托恩真的会吹哨子发出警报，这犯下"滔天罪行"的家伙就会被强行"逮捕"，被人拖到不同垃圾箱前。埃里克会一遍遍地高喊，"你他妈的究竟想干什么？你他妈的究竟想干什么？"托恩的手下会将那做错事的家伙装进那个垃圾箱里，在凶神恶煞般的托恩的指点下，将他推到不同的垃圾箱前，让他看看里面分别装着什么东西，让他长点见识。埃里克和托恩将这称作"零容忍"。十八个月前，有一个混蛋成功地逃脱了埃里克和托恩的掌控，躲进了购物中心那迷宫般的通道中。垃圾场四周的墙壁上仍然可以看到手绘的"通缉令"，畸形侏儒狼狈逃跑的画面逼真地反映了埃里克和托恩在遭到冒犯之后心中的怒火，但那上面的形象与真人相去甚远，根本无助于他们辨明身份。

埃里克和托恩在垃圾箱旁建起了一个临时棚户区，包括两间主屋和各种外屋，所用的材料全是旧展架、废弃的旧展板以及合成地毯。他们会将从垃圾箱里抢救出来的椅子摆放在屋前，坐在上面，一副农场主在自家门廊上坐着摇椅、审视自家土地的模样。人们很难想象埃里克和托恩离开这个小窝后会是什么样子,可每天下午六点,他们会准时动身回各自真正的家,而且让人更加难以置信的是,回到各自的妻儿身旁。

天色已晚,丽莎和库尔特有些走累了。他俩其实对第一次寻找就能找到那女孩都没有抱太大希望,但他们毕竟有了一个开端。也许那女孩会看到丽莎留下的纸条,也许她已经回到了她来的地方。

看到自己终于干成了一件事后,库尔特平静了一些。他和丽莎一起在棚屋外的临时门廊上坐了下来,仿佛在欣赏周围的景色。他说,"我估计她可能已经回家去了。"

"是啊——我看这是件好事。"

"是啊,哪里都比这里强。"

"这我不知道——依我看,如果你在家里感到非常不快乐,那么哪里都比家里强。"

库尔特望着她。"你有没有离家出走的经历?"

丽莎低头望着地面。"有过一次。"

"你当时多大?"

"八岁。"

库尔特觉得自己不该打听其中的原因。"你去了哪里?"

"我躲在花园里。"

"噢……那你其实并没有真的离家出走。"

"是啊。我们家的花园很大,我就躲在花园尽头的树篱后面。我带了一包袜子。"

"只有一包袜子？"

"其他东西我都忘了带。我当时知道有些东西需要天天更换，可我就是想不起来应该是什么。"

库尔特盯着丽莎看了一会儿，然后问她："你父母是不是急坏了？"

"我走的时候他们根本不知道。我留了张纸条，解释了我的理由，可我妈妈到花园里来晾晒洗好的衣服，还没有看到那张纸条就先看到了我。"

"你有什么理由？"

"我跟她说过多少次了，我不喜欢'子爵'牌的薄荷味饼干，我喜欢'悠悠'牌的，而且我还说过这两种牌子的饼干不一样，可她就是不听。"

"仅仅为了几块饼干你就想离家出走？"

"当然不是只为了几块饼干，而是为了饼干所代表的东西。"

"那是什么？"

"对你不关心。"

"这确实很糟糕。"

"你知道最糟糕的是什么吗？"

"不知道。"

"最糟糕的是我妈妈看到我后所说的话。"

"是吗？"

"有几双袜子从包里掉了出来，她看到我后居然说，'噢，你是在和朋友野餐吗？'"

"她以为那些袜子是你朋友?"

"比这还要糟,她以为我把那些袜子当成了我的朋友,因而觉得我非常愚蠢。"

"哦,天哪。"库尔特说。

"是啊,"丽莎说,"我们还是换个话题吧。"

绿橡树电台的节目主持人

嘘!请安静,宝贝。严格来说,我们不应该这么晚还待在这里。我觉得最好能来一个稍微安静一点的地方,你觉得呢?有一点自己的隐私空间?聊聊天?

说来有些可笑,是不是?刚认识某个人就和他这样说话。我今晚一看到你就觉得有缘。不,我不是那意思。我觉得你一定很善解人意,因为你的眼睛很漂亮,透着善良。你笑什么?我说的是实话,不是编造的台词。

怎么说呢,我以前并不是绿橡树电台的主持人。也许你年龄太小,不记得了,我在"威弗恩之声"工作了十五年,主持过各种节目,但大多数人只记得我在那里主持"浪漫之时"节目的最后八年。那是一个特棒的节目,从周一到周五,每天晚上十点到午夜,也许对你来说太晚了。这个节目的收听率仅次于早间节目,就听众打进电话的参与率而言,"威弗恩之声"的任何节目都无法与之相比。

"能否请你为我女朋友萨拉播送一首霍利斯组合演唱的《我呼吸的空气》,因为我对她的爱难以言表。"

"请你把吉尔伯特·奥萨利文的《再次独身》献给我的前女友杰西卡。杰西卡,虽然我们已经分手三年,可我仍然爱着你,只是想告诉你我还在等待。"

"我想为我的公主米娜点播一首《重逢》。请告诉她再也不会出那种事了,我希望她能原谅我。"

"请为大卫播放一首《靠近我》,并且告诉他,他是唯一能将我破碎的心修复的胶水。"

我们当时的点播请求多得应接不暇,有那么多动人的话语直接进入我的耳麦。你能想象得到吗?也许你还太年轻,理解不了。我就像一个避雷针,接受着所有电源,接受着威弗恩地区各处传来的所有那些无形的电流。我夜不能寐,因为我知道外面在发生着什么。我只要一闭上眼睛,就能感觉到那些骚动的心在胡乱跳动,但我的心并不在骚动,我的心很平静,平静得让我觉得自己仿佛已经死了。

我每天晚上都会梦见一个地方——你能明白我说的是什么地方吗?你做过那样的梦吗?我每天晚上都会梦见一个地方,我知道那地方就是死亡,然后我会大汗淋漓地醒来,躺在湿漉漉的床单上,感到自己的心脏在有气无力地跳动着,知道自己还活着。

电台老板正在决定是否应该停播格伦·莱达尔的周末晚间节目,将"浪漫之时"延长为每周七天。依我看,就算我们将"浪漫之时"延长为每周七天,每天二十四小时播送,我们仍然无法处理所有那些请求——相思病好像正蔓延得越来越厉害。我看全威弗恩地区只有我一个人的心仍然平静如水。

可是你根本都难以想象,这一切戛然而止。两星期了。不是太长，对不对？整整两星期，我们突然从应接不暇变成了无所事事。一九八三年三月十一日——谁也没有打电话进来。突然，集体心脏停跳，可怕的心脏萎缩，一万颗心同时没有了任何动静。我试图让它们重新复苏过来。我给他们做人工呼吸，我播放那些连死人听了都会哭泣的歌曲，可是没有任何反应。爱已经死了，连我这行尸走肉都觉得比爱更有活力。你能明白吗？

我丢了工作，这是显而易见的事，可几个月后，我就成了绿橡树的主播。我从来没有觉得这是在走下坡路。我告诉绿橡树的人，春天已经来了；我告诉他们，离圣诞节只剩下四十九天可以购物——或许你也听到过——我告诉他们，我们这个季节要向东方寻找灵感——我不再觉得自己只是行尸走肉。我要他们在中午十二点半之前去美食街享用买一送一的优惠午餐，问他们是否感觉到今天的心跳有所不同？我问他们是否给"浪漫之时"节目打过电话，是否为站在他们身旁的那个人点播过一首歌——这个人曾经占据了他们的整个视野，现在他们对他几乎可以视而不见。我问他们是否曾经喝醉过酒，是否和一个年长他们一倍的人一起走出酒吧，然后头枕着这个人静止的膝盖呼呼大睡。我问他们是否考虑过办一张绿橡树信用卡能给他们带来多少好处，问他们是否想过爱究竟遭遇了什么。宝贝，我问他们所有这些问题，但从来没有得到过任何答案。

23

库尔特觉得自己待在办公室的深色玻璃后面时,形象要比在真实生活中好得多。它会显得自己的皮肤更加黝黑,内心更加空虚。他将头从一边转向另一边,试图从一个全新的角度观看自己在镜子中的形象,试图给自己一个惊喜,也试图看到自己眼睛背后的一切。他厌倦了这一切后,开始玩弄桌上的锡纸球。每当到了这些漫长的夜晚,这个锡纸球便会成为他真正的朋友。对着垃圾桶投球总能打发掉十五至二十分钟,或者会持续到他开始厌倦一次次地将球从垃圾桶里取出来为止。把球投进垃圾桶之所以那么吸引他,其原因并不是最终投进去,至少不是投进垃圾桶时的那种成功感,而是球从他手中飞出去时必定会击中目标的那种百发百中的感觉。这是一种很微妙的感觉,但也是一种令人舒畅的感觉。脑海里有一个声音在说着一个非常简单的"中"字。

他上星期又有了一个玩锡箔纸的新方法,并非真的好玩,只是消磨时间而已。他会撕下一小块锡箔纸,做一个非常小的球,但仍然会有一定重量,足以在空中飞行。然后,他会闭上眼睛,坐在自己的转椅上转动，在某一点上将那银色的小球扔到办公室某个地方，让它穿过这小小的铺着地毯的寂静宇宙。然后，他可以有条不紊地在办公室里寻找那小球，有时会花上一个小时的时间。他会想象自己是在寻找一颗坠落的流星（"激动人心的时刻"），或者是在追踪一个连环杀手（"全面收网"），或者是在寻找一个失踪的孩子（"希望越来越渺茫"）。不过，他今晚觉得又累又困，锡纸球根本无法让他兴奋起来。

他将目光重新转向那些监视器，将它们一个个地扫视了一番。监视器总共有二十四个，每个监视器能显示八个不同摄像头拍摄到的画面，因此库尔特在三月这个夜晚的凌晨三点十七分能够看到绿橡树购物中心的一百九十二张不同的静止画面。

自动扶梯全都静止不动，昏暗的灯光从地下层寂静无声的肉店一直延伸到顶层美食区整齐摆放着的几百张空椅子上。没有任何生命迹象：没有人，没有狗，没有苍蝇——只有维修通道里的老鼠，只有在外面停车场中的斯科特，只有坐在豪华真皮转椅上的他。

正当他想着自己有多么孤独时，他又再次看到了她，就在六号监视器中，就在银行旁，就在她上次出现的地方。他眼睛一眨不眨地盯着她，将镜头拉近了一点。他担心她会再次消失，便低声冲着无线电对讲机呼叫道："斯科特，斯科特。"

无线电对讲机里传出了斯科特响亮的回答声："我在，伙计。你给热水壶插上电源没有？"

"斯科特，那女孩，她又来了，就在三楼的银行旁，我这监视器上有呢。"

"你没开玩笑吧，伙计？"

"她就站在那儿，正望着银行的大门。"

"好吧，我就上去看看是怎么回事。"

"行，不过动作轻一点，免得她听到后跑走。斯科特，别吓着她。"

"好的，你盯着她就行了。"

库尔特眼角的余光可以看到斯科特慢慢穿过停车场的监视器，不同摄像头从不同角度拍摄到的镜头使他的动作看上去显得非常怪异。有时候，他似乎离那女孩越来越近，但旁边的监视器却又显示他在越走越远。女孩的手中又拿着那个笔记本，库尔特看到那绒毛猴玩具仍然挂在她的包上时猛地吃了一惊。丽莎找到的肯定是别人的东西。这女孩有些面熟，库尔特知道自己以前见过她，也许是在他白天值班时见过的。他将镜头又推进一点，但仍然无法看清她的脸。她穿了一件大得出奇的迷彩衣，正全神贯注地凝视着什么。虽然她看上去并不像神色匆忙，库尔特还是为她感到担心。

对讲机又响了，斯科特这次也压低了声音。"库尔特，我已经到了二楼。我看我最好还是从员工楼梯上到三楼，免得她听到我的动静。我会从汇丰银行旁边的门出来。"

"太好了，你正好出现在她面前。要是她跑的话，你可以抓住她。"

库尔特微微调整了一下摄像头的角度，让斯科特等会儿走出来的那扇镜子门与小女孩处在同一个监视器中。他觉得自己有些对不住那女孩，上次居然没有能发现她。他觉得自己欠她一些什么，他想帮帮她。他等待了十五、二十、三十秒钟，然后那扇门慢慢打开了，斯科特站到了女孩的面前。女孩没有动，似乎根本就没有看到他，尽管斯科特那近两百磅的身躯就在她的面前。库尔特情不自禁地晃动了一下身子。斯科特似乎犹豫不决，朝女孩方向慢慢走了几步，然后停了下来。库尔特看到他把对讲机拿到了嘴巴旁，弄不明白他为什么还在浪费时间。

"库尔特，你再说一遍她在哪儿。"

"你和她说话呀，我还能告诉你她在哪儿？"

"她在哪儿？我是说，她朝哪个方向走了？"

"你眼睛瞎了吗？她就站在你面前。"

斯科特又向前走了几步，现在离女孩只有几英尺的距离，但那女孩仍然没有动。

"你现在就站在他面前。问她叫什么名字，告诉她不要害怕。她好像吓呆了。"

可是斯科特没有和那女孩说话，而是好像害怕动作太快一样慢慢转过身来，抬头望着摄像头，"这里没有人呀，伙计。"

24

她的脚一直踩着油门,虽然车流已经好几分钟没有挪动一下了,她仍然在让发动机不断加速运转。发动机在抱怨,甚至有些歇斯底里,不停地要求能得到一丝安慰。只要她的脚稍稍有一点放松,发动机就会打破僵局:立刻熄火。你得不停地安慰它:瞧,不是还有很多汽油吗,这里一点,这里还有一点……别那么烦躁。这样一来刹车就没有那么容易了。丽莎已经娴熟地掌握了一种时断时续的刹车技巧,她可以快速地将脚在刹车和油门之间交换,可以在放慢车速的同时让发动机转得更快。

望着"千禧年巴尔迪餐馆"的霓虹灯招牌像一团黄色的雾霭一样慢慢消失,她摇下了自己的车窗。旷日持久的特利托马斯[①]之争是昨天晚上还是前天晚上的事?她记得主持人马蒂几乎是在高声尖叫,"没有他妈的连字符!"但别的已经不太记得了。她还在卫生间里和什么

[①] 特利-托马斯(1911—1990),英国喜剧演员,以电影《虎口脱险》中的油漆匠一角为中国观众所熟悉。

人聊过狗的事,但她也已经不记得是和谁聊的,以及为什么。丹好像又一次扮演起了丽莎最好朋友的角色,像往常一样又一次喋喋不休地说起了埃德:她为什么要将自己的生命浪费在一个自怨自艾、懒惰、谎话连篇的混蛋身上——如果她记得没错的话,这好像是常用的诉讼语言。她倒是想为埃德辩护,可说实在的,她从来不知道该如何回答丹的问题。她现在突然意识到自己老是在走神,老是在想那名保安,想起他们那天晚上在购物中心巡视的情形。雨刷擦去了斑驳的色彩,"千禧年巴尔迪餐馆"的霓虹灯招牌再次恢复了正常。

她不会再喝威士忌酒了,加上以前曾经发誓永远告别伏特加和杜松子酒,这意味着她将会尝试更具外国特色的朗姆酒和白兰地。白色的朗姆酒。这不是太怪异,对吗?巴卡地①加可乐——虽然是八十年代初流行的做法,但没有关系。老鹰酒吧卖巴卡地吗?丽莎怎么也无法将哈瓦那与老鹰酒吧联系在一起。

老鹰酒吧建于六十年代,米色的砖墙,向四周伸展开的平房,毛玻璃和细横梁力图给人一种乡间客栈的感觉。然而酒吧正面巨大的第三帝国风格的老鹰浮雕却严重破坏了它最初的本意,将它变得更像德国国王湖畔的宾馆,而不是乡间小客栈。"音乐世界"的大多数员工每天晚上都会聚集在这家酒吧橙色的后屋中。除了他们之外,好像再也没有别人来这家酒吧。自从绿橡树购物中心开了一家廉价连锁酒吧之后,当地人彻底告别了老鹰酒吧。"音乐世界"的员工之所以还去那里,是因为购物中心方圆一英里内只有这家酒吧,因为他们在那里可

---

① 巴卡地,世界十大名酒之一,朗姆酒的代表品牌,产自古巴。

以就酒吧中那些神秘晦涩的自动唱机唱片争论一番。长发教授[①]，然后是埃丝特·威廉斯[②]，然后是洛文兄弟[③]……

六个月前，丽莎极为罕见地毅然做出决定，列出了自己可以打发晚上时光的更好的方式，而不是天天坐在老鹰酒吧里。这些更好的方式如下：

一、见一些同事之外的朋友

二、读书

三、去看电影

四、做善事

五、集中精力，竭力回忆每天早晨醒来时所想的、但立刻又会遗忘的事

六、烤一个蛋糕

七、重新设计发型

八、寻找其他工作

九、去看望爸爸妈妈

十、清除掉厨房墙壁上那些时刻让我情绪低落的棕色污垢

十一、晚上去城里散步

十二、拍一些照片

---

① 长发教授（1918—1980），原名亨利·罗兰德·伯德，蓝调爵士乐的传奇人物，新奥尔良之声的代表人物。

② 埃丝特·威廉斯（1921—   ），美国好莱坞电影女明星，以主演《出水芙蓉》一片著称。

③ 洛文兄弟：美国乡村音乐组合，活跃于上世纪五六十年代。

十三、听那些我买了之后从来没有听过的 CD

十四、思考

十五、和埃德交谈

可是每天一到了晚上，精疲力竭的她又会充满难以抑制的欲望，然后又会走进老鹰酒吧那橙色的后屋，沉浸在模糊的话语、脸庞和酒精的世界里。在这里，一切都他妈的那么热闹，时光流逝得比平常快了十倍。她喜欢和丹待在一起，但绝不是如埃德有时候所猜疑的那样，他们俩之间有什么猫腻。丹是她最早的朋友，让丽莎高兴的是早在她开始在"音乐世界"上班前，丹就已经认识了她。丽莎觉得丹看到的是她好的一面——有进取心、有思想、有计划。他看到的都是丽莎最好的品质，或者说是储存在丹脑海里的她曾经有过的最好品质，还没有被她后来真实的负面所玷污。丽莎眼中的丹也一样。就算他们对自己没有太高的希望，却都对对方寄予了很高的期望。

埃德从来不去老鹰酒吧。他假装没有看到丹对他的痛恨之情，但他也一直对丹避而不见，而丽莎只是希望埃德某一天能够来老鹰酒吧，好好表现一番，证明丹是错的。然而，埃德只是待在家里，摆弄着他的留声机，或者与他那些狐朋狗友一起去俱乐部，而那些俱乐部里播放的所谓白人舞曲正是丽莎所痛恨的。丽莎今晚虽说被困在了车流中，但她至少是在回家，并没有停车去老鹰酒吧。家，她知道埃德不在家，这没关系，因为她今晚可以烤一个蛋糕，或者清除掉一块污垢，然后她或许能想起干点别的什么。

斯科特现在再也不愿意和他一起值夜班，除了加文外，谁也不愿意。斯科特那天晚上吓坏了，而且说不清究竟是站在与鬼魂一步之遥的地方更可怕，还是和库尔特一起被困在购物中心五个小时更可怕。

其他保安都已得知了此事，因此每个人都对库尔特敬而远之。库尔特本人也不明白那是怎么回事。他倒没有被吓坏，只是感到有些惴惴不安。只有两个人没有受到这一事件（大家现在提及此事时所用的说法）的影响：一个是他的新搭档加文，另一个是他的老板杰夫。

杰夫坚持要库尔特休息几天，并且认为那是疲劳过度造成的：连着值了太多个夜班。"假如你过于疲倦，有时你会觉得自己很清醒，甚至说话和表情也像是很清醒，但你其实早已进了梦乡。我妻子就是这样。我见过她半夜起床，开始准备星期天的大餐。她还可以边做饭边和你聊天，就像她完全清醒时一样，可你知道她和你根本不在同一个世界里。我们前天晚上坐在床上，十分正常地聊着扩建的事，谁知她突然喊道，'是沃根！是他把豌豆吃光了——我看到了那贪吃的恶魔。'我意识到她其实早已睡着了，而且天知道她已经睡着了多久。"

库尔特在那一刻感受到了生活对于杰夫的妻子来说是多么不容易。他们家的扩建工程已经进行了十八个月，杰夫常常提起这件事，足以让库尔特明白杰夫太太为什么要在梦境中寻找庇护。

杰夫接着说道："肯定是这样，你当时睡着了，你在做梦，没有注意到别人。斯科特吓坏了，这是可以理解的。我老婆有时候在衣柜里找羊腿也把我吓得够呛。"

于是，库尔特在家待了几天。他极不情愿地接受了杰夫的理论。他对这两次见到那女孩的过程记忆犹新，无论是清晰度还是时间的流逝都无法与梦境联系在一起,但库尔特知道那具有欺骗性。他过去就有过将梦境和现实混淆在一起的经历,医生说这种情况并非罕见。这件事总让他想起一个噩梦,而且是与他见到她时的焦虑心情有关的一个噩梦。他现在仍然经历着那种时刻,这让他感到很紧张。他想知道自己睡眠方面的问题在过去几年中改善了多少。他究竟有过多少次入睡着了却仍然像醒着时一样记得所有经历?

待在家里的那几天,他再次做出了早已遗忘的决定。他得找一份与人打交道的工作,而且是一份不用倒班的工作。他已经厌倦了在绿橡树购物中心避世的这种生活,而且这种生活对他身心两方面都没有好处。

于是,库尔特开始和加文一起值夜班。加文和库尔特一样,与其他保安不同。他不会外出去喝啤酒,不会拉近镜头去看女人的胸脯,话语不多,每天晚上回家和妻子待在一起。加文的长相也很特别,仿佛阳光从来没有照射到他身上一样,淡姜黄色的头发,乳白色的皮肤,那双凝视的蓝眼睛很特别,总让库尔特想起杰瑞·李·刘易斯[①]。他脸上的表情似乎总是介于狂怒与讥讽之间,而这两种表情他其实从未真正展现过。库尔特以前几乎从来没有听加文说过话,只是他们一起值班的那天晚上,加文才开口说了许多话。库尔特认为加文大概是在刻意要他保持清醒、保持警觉,可是加文那轻柔得几乎难以听清的声音,以及他所选择的话题很难让他打起精神来。加文第一天晚上自言自语时,库尔特两次差一点睡着。加文在此后的每天晚上都要这样自言自

---

① 杰瑞·李·刘易斯(1935—),美国白人摇滚歌手。

语一番，而且总是千篇一律。他可以一连几个小时说个不停。库尔特从来没有料到值夜班会变成这样，凌晨一点到四点似乎总也打发不掉。无论他在停车场或者维修通道中巡视多久，他都知道加文在控制室等着他回去，然后再用他那慢声细语折磨他。

加文只有一个话题，一个热衷的话题，一个始终痴迷的话题：绿橡树购物中心。

库尔特得知，加文从绿橡树一九八三年营业起就一直在这里工作，而且似乎将他自己视做了这个购物中心的文物收集者——照料着它的历史，掸去它文物上的灰尘。加文有时会说，"我知道它的秘密。"库尔特就会将他的锡纸球握成一拳，意识到这些所谓的秘密全都会被灌进他的耳朵里，而且知道这些所谓的秘密一文不值。

库尔特从加文那里得知，绿橡树是英国第一批新一代购物中心之一，绝对不能与阿恩代尔和斗牛场等第一代购物中心混为一谈（顺便说一下，库尔特知道全英国现在有多少个阿恩代尔购物中心吗？）。他得知这是第一家在远离城市中心的棕色地带①建造的购物中心，其一百五十万平方英尺的面积也是全国之最。他得知圣诞节前那一周平均有四十九万七千人来购物。他得知中心的十九台电梯里任何时候都会有三百五十名购物者，任何一个星期六只有百分之六的购物者是熟练工人。他得知原来的煤气厂清除了十万立方米的有害垃圾。他得知绿橡树的维修通道总长十二英里，就在他被这数字吓得目瞪口呆时，一件令人难以置信的事又给了他最后一阵剧痛——他得知加文有天晚

---

① 棕色地带，城市中清除原有旧房后可用于营造新建筑的空地。

上花了整整一夜的时间，走完了整整十二英里，并且将这一切录在了录像带中。在此后的无数个漫长的夜晚中，库尔特会想象加文和他那麻木不仁的妻子观看四小时他拍摄的昏暗的维修通道影像资料，加文还会定格他最喜欢的一些画面，进行点评。

有时候，加文说起绿橡树时的口吻就像它有生命一样，仿佛那些钢铁、玻璃、水泥和人合在一起，制造出了更大的东西，一件几乎值得尊重的东西。加文有购物中心最初的设计图复印件，有记录中心变化、店铺改头换面、重新装修等的照片。他打算近期在购物中心的中央天井展出所有这一切。库尔特知道为什么吗？不知道？因为没有多少人意识到二〇〇四年十月是绿橡树购物中心的二十一岁生日，没有多少人觉得这值得纪念，没有多少人知道所有这些秘密。

25

丽莎坐在克劳福德的转椅上，巴不得赶紧打发掉接下来的半个小时。她听到了敲门声，进来的是斯蒂夫。斯蒂夫是"轻音乐"部的售货员，性格活泼，没有谁比他更适合负责这类音乐销售的了。

斯蒂夫：丽莎，你想现在和我谈吗？

丽莎：是啊，斯蒂夫。柜台那边我已经让迈克去顶替你了。

斯蒂夫：是为了前天发生的那件事吗？

丽莎：是的。

斯蒂夫：好吧，好吧，你爱怎么处罚就怎么处罚吧，我一定接受。我不想丢了工作。我在这里干得很卖劲，我那边也没出什么事，可是有些人……他们只是想耍我们。你明白我在说什么吗，丽莎？他们只是在耍我们。

丽莎：我知道，我知道，可我觉得你怎么也不能让这种事去影响你的情绪呀。

斯蒂夫：就这一次。

丽莎：是啊，就这一次，可也不能算就这一次。我是说，虽然这是你第一次真的对顾客动手,但这不是你第一次情绪受到影响。

斯蒂夫:我没有对他动手。我只是向那混蛋做解释,而他居然就嚷起来,说我动了手。我说,"兄弟,如果我动手打了你,你一定会知道的。"

丽莎:斯蒂夫,你听我说。我们可以分析一下当时的情况,但我现在就想明确告诉你,你确实有对顾客脾气不太好的记录,否则就是我们不尊重事实。这一点你应该没有什么异议吧?

斯蒂夫:丽莎,我愿意合作。我已经说过,我喜欢这份工作。我更愿意接受你而不是克劳福德的处罚。我知道你肯定费了很多口舌,才让他没有当场开除我。但我还是不同意你的说法。我对我自己下的评语是对顾客"通常比较包容"。

丽莎:斯蒂夫,你别忘了,我们常常在一起吃午饭。就在我吃三明治的时候,你却在抱怨、发泄,而且常常是整整一个小时。你还记得上星期那个顾客吗?

斯蒂夫:上星期有许多顾客。每个星期都有许多顾客进来,个个好像都是冲着斯蒂夫来的。

丽莎:是啊。我说的是要找雷·康尼夫[1]CD的那位顾客。

斯蒂夫:哦,是的,我谈的正是他。

丽莎:不对,是我谈起了他。那本不是什么大事,可你却在那里大惊小怪的。

---

[1] 雷·康尼夫(1916—),美国音乐人,组建了著名的雷·康尼夫轻音乐队,第一次采用人声进行配器,代表作包括《演艺人》等。

斯蒂夫：丽莎，他一直在看我，他看到我把那CD从架子上取下来，装进箱子，准备退给唱片公司。他看到我在收拾CD，看到我把几百张其他CD摞在那上面，看到我把箱子搬进了电梯，但他却在一旁等待着。等我胳膊发酸地站到柜台旁时，他问我有没有雷·康尼夫的《雷·康尼夫的快乐之声》。

丽莎：你听着，斯蒂夫，我看到了员工间墙壁上的凹痕。这种事你太往心里去了，而且后来还要给指关节缠上绷带……

斯蒂夫：是的，我没有冲他的脸给他一拳，而是把那一拳打向了墙壁。所以，我刚才说我对顾客"通常比较包容"。

丽莎：可这含有好斗的成分，斯蒂夫。

斯蒂夫：我说，丽莎——你听我给你说说这家伙的事。我把事情经过告诉你。我发誓我绝对没有揍他。他走到我面前，说他估计我帮不了他，说他估计是在浪费时间，可有首歌他已经找了很多年——你听到了吗，丽莎，记住他说的是"很多年"——他父亲以前总是唱这首歌，而且每次总是唱同一句。他父亲去世好几年了，现在为了他母亲的八十岁生日，他想找到这首歌，买下来送给他母亲，因为他知道她一直想听到整首歌，一直不知道那首歌叫什么。我当时心中还在想，真不错，心中还这么惦记着自己的母亲。我说，"你不知道歌手的名字也不知道歌名吗？"他说，"不知道，所以我才觉得希望不大。我只记得一句歌词。"于是，我说，"你既然来了，就把那句歌词告诉我吧。"他说，"那句歌词是'礼拜六舞会先生'。"

丽莎：说下去。

斯蒂夫：丽莎，这太令人惊奇了，这也是我喜欢这份工作、在乎这份工作的原因。他可以拿那句歌词问店里的任何其他人，或者问整个购物中心的任何人，恐怕没有一个人会有任何头绪。可我立刻就知道了，不仅知道，而且还知道他那句歌词记错了，因为我以前也是那样弄错的。不是"礼拜六舞会先生"，而是"错过了礼拜六的舞会"。你明白了吗？

丽莎：说实话，我也不知道。

斯蒂夫：没关系，大多数人都不知道，可我恰恰不属于大多数人。我喜欢我分管的这一片，因为那里出售的都是伴着我长大的音乐。于是，我对他说，"这首歌叫《别再在附近转悠》，许多歌手都录过这首歌。我们这里有'墨水点'乐队的版本。"我承认，我当时感到非常兴奋。这家伙找这首歌已经找了"很多年"。他老妈肯定会很高兴。于是，我给他找"墨水点"乐队的CD——找到了，就在后面。这是张优惠价的CD，只要五点九九英镑——真是太好了。我把CD递给那家伙，他居然说，"五点九九英镑就买一首歌！？"你听到了吗？不是"谢谢你"，不是"我妈妈会高兴坏的"，而是"五点九九英镑就买一首歌"。

丽莎：啊。

斯蒂夫：于是，我说，"这不是一首歌，这是一张专辑。或许你母亲也会喜欢上其他几首歌。"他说，"黑鬼音乐！她不会喜欢的。"

丽莎：黑鬼音乐？真想得出。

斯蒂夫：正是。然后他说，"你们有没有单曲？"你听到了吗？你想想看，他半分钟前要用一辈子去弄清楚那是什么歌，现在却想要单曲了。于是，我说，而且是心平气和地对他说，"这首歌是一九三七年推出的，我们显然没有那个年代的单曲。"他听了之后便开始耍我。他冷笑一声说，"看样子你们也不是什么'总汇'，对不对？"你能相信吗，丽莎？难道他是地狱派来的？好吧，我承认，我是有点气恼——

丽莎：有点气恼？仅此而已？

斯蒂夫：的确是的，我把那张CD朝他那边推了推，对他说，"我认为你应该拿上这张CD，去收银处付钱，买下它。"那家伙继续说，"以这个价格？这简直是大白天抢钱嘛！"我估计我把那张CD朝他的胸口推了推——好吧，也许位置稍微高了点，也许到了他的脸蛋那一块——然后说，也许稍微强硬了一点，"买下它。"结果，他大呼小叫起来，说我揍了他，说我对他采用了威胁手段。

丽莎：我明白了。你听我说，斯蒂夫，我明白了，但恐怕你得动一动了。

斯蒂夫：哦，不，丽莎，别这样，别让我去仓库。我跟那些人不同。

丽莎：好了，斯蒂夫，这样可以让你暂时不接触顾客，对你有好处。

斯蒂夫：丽莎，我还没有坏到楼上仓库里那些家伙的地步。他们连话都不会说，只会胡说八道，就像《飞越疯人院》中一样。我有很好的人际关系技能，我是客户服务之王。别派我到仓库去。

丽莎：对不起，斯蒂夫，我没有那个权力。六个月左右吧。埋头苦干，时间很快就会过去的。我会去看你的。

斯蒂夫：哦，上帝啊，帮帮我。

又轮到库尔特上夜班了,他先沿着购物中心的主要通道巡视了一番。他将加文留在了办公室里,让他在那里聆听无线电对讲机的静电噪音。库尔特第一次注意到加文的无线电对讲机似乎一直在发出那种嘶嘶声时,他以为那对讲机坏了,曾经要加文去换一台,可加文说那对讲机没有坏。打那之后,库尔特常常看到加文坐在办公室里,完全为他在白噪音①中听到的任何动静所陶醉。

与加文一起值班后,库尔特的幻想症日趋严重。尽管加文最近拓宽了自己的谈话内容,包括进了他对欧洲历史建筑的了解,库尔特仍然觉得和他在一起时简直是度日如年。加文前一年去德国旅游了一趟,专门参观那里的城堡和教堂。当他开始介绍那些纪念碑和建筑物的关键数据时,库尔特会觉得自己继续生活下去的愿望越来越低。库尔特试图在自己的脑海里留出一片小天地,在那里可以躲避这些充斥而来的数据。他有时候幻想着自己是个隐身人,有时候又幻想着加文只是自己凭空想象出来的东西。上星期,他开始无聊地想象如果绿橡树被围的话,自己能够保卫它多久。这种幻想非常详细,非常能分散人的注意力,非常能将加文忘记得干干净净。于是,他现在每天晚上在购物中心巡视时,甚至在办公楼里听着加文坐在转椅上念叨那些数据时,他都可以躲进某个计算和预测的新角落中。他每天晚上会给自己的规划加一点新的内容,每天晚上的回放都会加长一点。

防御计划占去了他的大量时间。如果所有入口都没有设防,那么围困几小时内就会结束。他不敢确定是否仅用一个晚上就能给所有

---

① 白噪音,喷气发动机工作时可听到的全部声波频率范围所发出的音响效果。

路线设好防,但那是他必须应付的一个假设。必须想办法打发掉加文——至少让他离开办公室,派他去停车场处理某件紧急事务。如果将加文和他一起围困在内,这种围困游戏一点也不好玩,所以库尔特乐于做的一件事就是设计出各种方法将他的这位同事除去。DIY大超市肯定会有他所需的一切,足以加固好每个入口、排风孔和火灾紧急出口,或者将这些变成致命陷阱。库尔特花了许多个小时,在脑海里设想着各种方法,将巨大的转门变成复杂的捕人陷阱,而且每次都让加文充当试验对象,检测转门的效果。摄像头安装的位置需要重新调整,要能够将所有潜在入口覆盖住。店铺那里没有任何动静,美食区也是一片寂静。除了一平方英尺外,整个购物中心的一百五十万平方英尺空空荡荡,而这一平方英尺正是库尔特忙着实施计划的第二阶段的地方。第二阶段是内战,库尔特充当密探。购物中心如何才能最无情地销毁掉它自己?他竭力想象一个办法,让购物中心的每一件产品和每一个没有生命的物体都能将自己消耗掉。他会花上几周、几个月或者几年的时间,将自己锁在绿橡树购物中心里,费尽心机地准备一条巨大的多米诺骨牌倾倒线路,其高潮为整个中心最后的向内爆炸。不,不是多米诺骨牌倾倒,而是一个巨大的老鼠夹,一个高效的连锁反应,将上千个无不相连的事件连在一起:衣服浸泡在烈酒中,椅子堆成一个巨大的火刑架,塑料模特被塞进烤炉里。库尔特会穿着他那身崭新但现在已经过时的衣服飞快奔跑,竭力要在一切结束时赶到那里。

就在他穿过中央天井、想着零售品大战时,他看到丽莎正从"音乐世界"徐徐落下的电动卷闸门下钻出来。他在旁边站了一会儿,望着她拨弄着一大串钥匙,犹豫着自己是否应该和她打个招呼,最后认定自己或许应该。

"你好。"

丽莎吃了一惊,转过身来。"我没有听到你走过来。是不是你们干保安的都配发了特殊的无声鞋?"

库尔特摇摇头。"这鞋不是配发的,是我自己买的。"他不安地看了看自己脚上的鞋子,"是不是看上去很像免费配发的鞋子?"

丽莎也低头看了看那双鞋。"是啊,看上去很像。"

"是不是显得很便宜?"

"嗯,是的。对不起。"

"这真不是我想达到的效果。"

"很贵吗?"

"不贵,便宜死了,我原来还以为看上去不像便宜的鞋子呢。"库尔特显得有些失望。

丽莎想换一个话题。"我听说你出现了幻觉?"

"哦,连你也知道了。"

"我想大家都知道了吧。"

库尔特感到很沮丧。他原以为自己那天晚上领她出购物中心时表现得很勇敢,以为后来和她一起寻找那女孩时自己表现得也不错,以为自己给她留下了一个好印象。他也说不清为什么很喜欢自己有那种想法。

"那么那只猴子呢?难道这不能证明她是真的吗?"丽莎问。

"怎么说呢,反正无法反驳斯科特的证据,无法证明他面前没有人。我觉得大多数人都会觉得他的话比那只猴子更具说服力。那只是巧合。谁知道呢，也许维修通道里的管道后面藏了许多这种绒毛猴。不过，那女孩的确不在那里，她只是个梦。"

"可你当时不是醒着吗？"

"不是，"库尔特真不想谈这事，"我以为我醒着，而且一举一动也像醒着时一样，可我当时确实睡着了。我有睡眠问题。"

"那么你现在没有睡着吧？没有把我当成是个梦吧？"

"这很难说。"

"如果你看到我长出了翅膀，或者听到我说的是俄语，你会告诉我吗？"

"会的。我们现在能不能聊聊你那几位袜子朋友？"

丽莎笑了。

库尔特正准备回办公室去吃三明治，可一想到加文，他又忍不住问了一句，"你饿吗？"

"我每天下班时都很饿。"

"你急着回家吗？"

她想到了埃德坐在电视机前吃比萨饼的样子，屋子里充斥着意大利熏香肠的气味。她摇摇头。

"那跟我来吧。"库尔特领头，顺着店铺向购物中心的中庭走去。他们上自动扶梯来到了四楼，这里四周都是一些小餐馆，中间是用餐区——你可以把这里叫做楼座、天井或者露天平台，完全取决于你最初听到的是哪一种叫法。他们乘坐自动扶梯上来时，丽莎看到这地方几乎可以称得上美丽。恢宏的大厅，朦胧的灯光，自动扶梯悄无声息地移动——这一切几乎带着一丝魔力。她仰面向上望去，透过玻璃天花板望着他们头顶上方漆黑的天空，看到有架飞机机翼上闪烁的灯光慢慢经过。

库尔特指着一个摄像头，悄声说，"你冲加文笑一笑，他在注视我们呢。"

来到顶层后，他问："你想吃点什么？日本料理、意大利餐、泰国餐、墨西哥餐……"

丽莎笑着说："你每天晚上都这样吗？"

"这是第一次。我以前从来没有想到过。我通常都是吃着鱼肉酱三明治，听加文给我介绍绿橡树历史上那些了不起的承包商。"

丽莎望着他。这是她遇到的第一个也喜欢吃鱼肉酱的人，而且对此毫不隐瞒，甚至还带着几分骄傲。

"怎么样？想吃点什么？"他又问了一遍。

她想了想。"哪一家会有煎蛋三明治？"

他笑了，然后径直走向第一家餐馆。

十分钟后，他们坐在了一张仍然有灯光的餐桌旁，面前摆着三明治，四周都是翻起的椅子，一切都笼罩在黑暗中。库尔特给丽莎做了一个巧克力奶昔，只可惜配方出了点问题，她正使劲用吸管吸着黏稠的奶昔。

她最终停下来，说道，"我总是忘不了那些熊猫。我昨晚看了一个介绍熊猫的电视节目，心里很不舒服。"

"为什么？"

"你知道吗，它们的生存状况非常恶劣，一辈子都在找叶子和竹子吃，可那些玩意儿对它们并不好。它们无法消化，结果总是没有精力，只能时时刻刻躺在那里休息。我只要和别人聊起这一点，就感到很伤感。它们是那样……茫然，一辈子这么毫无意义地追求，而这种追求又使得它们元气大伤。"

"这话听上去很耳熟。"

"我知道，所以我才这么伤感。一辈子都在找竹子，而它们真正需要的是一块玛氏巧克力。"

"我有时觉得自己就像另一个物种拍摄的某部自然纪录片的主角，总是想着它们在望着我一辈子在这些空空荡荡的过道里巡视，察看着门是否锁好。我竭力想象着它们的解说词，觉得它们肯定会感到困惑的。"

他们沉默了片刻，然后他接着说下去。"我是说，就算我不去想那些解说词，我仍然感到自己在被人监视。你能明白吗？"

丽莎想起了自己每天早晨穿过到处安装了摄像头的购物中心时的感受。"是啊，有时候还真是的。"

库尔特迟疑了一下。"我有时独自一个人时很害怕。我觉得有人在监视我——不只是那些摄像头或者加文。或许是那小女孩，或许是我自己，我不知道。只是我的一种感觉，让我感到孤独——就像有人在对我敬而远之。他们在一旁看着，却不走前来。"

"你时刻都有这种感觉吗？"丽莎问。

库尔特想了想，突然意识到自己和她聊天这会儿就没有这种感觉。她在等他回答，可他却无法将这说出来。他笑了笑，摇摇头说，"我们走吧。"

某男子

三百—三百八十号店铺——玛莎百货店

我们现在就这样打发星期天。这简直成了一种传统。我们躺在床上看几个小时的报纸，然后来这里。报纸上总有一些我们感兴趣的内容：书评、CD介绍或者菜谱。就连那些看似不像广告的内容其实也是广告。与其说它们是报纸，还不如说它们是广告。反正这是我们当天的使命。去绿橡树购物中心买我们需要的东西。也许我们来到这里后可以发现一些我们想要的东西。今晚回家，吃顿好饭，听一听新买的唱片，读一本好书的头几页——周末就这样过去了。总是有点小使命，然后有点小回报。我们今天还没有发现什么要买的东西。我们进了所有常去的商店，可是还没有什么东西吸引住我们。外面已经下雨，我们还能怎么着呢？坐在家里，相互你看我我看你，星期天下午发一顿火，我们以前就是这样。感谢上帝，星期天可以去购物中心了。

她这会儿正在看欧式面包，她那脸上的表情像是在说，"我心里一点都不高兴，而且全都怪你，但我在竭力掩饰。"她总是玩这些小名堂，就像周围什么都不如她，就像她觉得我们的生活空洞乏味一样。我实在是无法理解，怎么也弄不懂。我对她、对我们的一切全都了解。我了解她，她却不了解我。我爱她。

26

广播里传出了《我心永恒》的乐曲声,是电子合成器模仿排箫奏出的。库尔特坐在 BHS 的咖啡馆里,等着他姐姐洛蕾塔到来。他刚才倒茶时,滚烫的茶水顺着茶壶边上流了下来,落到了他的膝盖上,烫伤了那里。他的胳膊肘支在一小摊超高温灭菌处理过的牛奶中——是他刚才打开塑料牛奶罐时喷出来的。他正吃着一块冷冰冰的苹果馅饼,花了他二点五英镑,吃在嘴里像某种刚刚失去生命的东西。他本来就没有抱太高的期望,因而即使是以次充好的馅饼也无法破坏"下午"和"茶"这些词所蕴含的奢华承诺。他像咖啡馆里八到十位其他孤独的顾客一样,感到自己是在宠着自己。

他和洛蒂——她更喜欢别人叫她洛蒂——通常一年只见一次面,而且这种令人痛苦的会面总是圣诞节期间某一天在他父母家。库尔特知道,他母亲希望他们能像小时候那样亲密无间,但他怎么也没有那种感觉。他姐姐十几岁的时候就开始疏远家人,虽然最近这几年随着她儿子的出生,她开始主动与母亲言归于好,但她和库尔特一直没有和解。

库尔特一直对洛蕾塔青少年期出格的反叛行为耿耿于怀——部分是因为那引起了他们父母的担忧,部分是因为那太粗野。看到姐姐变得那么自私,那么愚蠢,他感到非常失望。那就像她在十四岁那年突然读了一本什么手册或者指南,然后开始在青少年反叛的各种老掉牙的行为前的方格中逐一打勾,要将它们一一尝试一遍。她在其他朋克退出历史舞台十年后,成了姗姗来迟的明信片上印着的那种朋克形象。她把头发整成了怪模样,身上该钻孔的地方都钻了孔,喝酒,从母亲的钱包里偷钱,与周围每个男孩上床,最后终于在她十六岁生日那天搬了出去,与一个自称叫"斯皮特"①的三十岁男子住到了一起。库尔特只见过斯皮特一次。他有天晚上来他们家找洛蕾塔,他们的母亲又是担心又是想竭力劝阻,坚决要他进来喝杯茶。斯皮特坐在沙发上,与老库尔特默默地对视了二十分钟,而帕特则不停地没话找话说,仿佛坐在她面前的不是要出去拿烟头烫对方的洛蕾塔和"唾沫",而是正准备出去吃一个汉堡包的琼妮和查奇②。最后,帕特再也无法对老库尔特左脸上的颤抖熟视无睹,绝望地试图直接将斯皮特拉进谈话中来。她一直不安地看着斯皮特脖子上挂的一个白色塑料瓶。"斯皮特,我得问问你那项链——那瓶子里装着什么?"

斯皮特仍然死死盯着老库尔特,随口说道,"痰。"

就在这时,老库尔特仿佛一直在等待这个回答似的,突然从椅子上站起来,大声吼道,"滚出去。"

---

① "斯皮特"在英文中的意思为"唾沫"。
② 琼妮和查奇,美国于二十世纪八十年代初推出的系列电视剧《琼妮爱查奇》中的人物。

令所有人都没有想到的是，洛蕾塔和斯皮特（他现在称自己为马克）至今仍然在一起。他们在洛蕾塔十七岁那年结婚，从事 IT 行业，养的宠物是蜥蜴，喜欢看的电视节目是《吸血鬼猎人巴菲》和《星际旅行：深空九号》，衣着倾向于廉价、保守。

库尔特不明白洛蕾塔为什么要见他。虽说姐弟俩之间已经再也没有任何芥蒂，但他们仍然形同陌路，无话可说。重新恢复关系似乎太勉强，因此姐弟俩总是尽量避开对方，免得尴尬。

就在库尔特终于感觉到胳膊肘那里湿漉漉的时候，他看到洛蕾塔正朝他走来，而且正看着他挤掉衣袖上的牛奶。

他给她倒了一杯牛奶，她开门见山地说道：

"我觉得有必要告诉你，妈妈昨天被人抢劫了。她当时正走在海伊街上，有个吸毒者想抢她的包，而她却死死地抓着包不放。那家伙把她打倒在地，不停地踢她，直到她松手。她当然不会告诉我们，因为她不想让我们担心。我昨晚回去了一趟，想带她去看电影，结果看到了她的状态。"

库尔特想到了母亲被打肿的眼睛，胃部一阵疼痛。

"我希望你能和她谈谈，和她讲讲道理。她还觉得这不会改变她，还想继续去那里买东西。'他们别想占我的便宜。'她说，好像这是一场游戏似的。绿橡树近在咫尺，可她偏偏要去那危险的地方买东西，这是为什么？真是莫名其妙。"

库尔特死死地盯着眼前的茶杯，心中想着母亲，真希望自己这会儿就能陪在她身旁。"她要是想来绿橡树买东西的话早就来了。她这样做完全是为了尊重老爸，因为绿橡树对老爸来说是个侮辱。"

洛蕾塔似乎有些不解。"老爸根本不知道自己周围所发生的一切……在这里买东西为什么会对他是侮辱？他不准我们来这里，这根本没有任何道德上的理由。"

看到洛蕾塔又像往常一样拒绝从别人的角度来看待问题，库尔特不禁感到有些恼火。"这事说不通，你无法用逻辑去分析。这是一种情感，一种受到伤害的情感。他就是这种感觉，而他的这种感觉又影响了母亲和我的情感。我总是在琢磨，我在这里工作是不是让他感到非常失望。"

洛蕾塔久久地望着库尔特。"我十四岁那年来过绿橡树，当时才开张几个月。我那时已经懂事了，觉得老爸禁止我们来绿橡树真是荒唐，根本不合情理。他就像维多利亚时期的那种家长一样对我们发号施令，始终是我们的道德支柱，我们只要走错一步，他就会立刻揍我们。我很怕他，可我在十四岁时已经开始为自己着想，而且我实在看不出来绿橡树购物中心有什么害处。

"有一天学校放假，我走过马路，穿过一道道门。我早早地赶到那里，为的是避开邻居。购物中心刚刚开门营业，里面静悄悄的。我不敢相信所有那些店铺、所有那些华丽景象就在我们家门口。那就像一艘太空飞船突然降落在了公路上。我记得我久久地望着克罗克豪斯时装店橱窗里那件红白相间的外套，我那么想得到它。我想，如果我得到它的话，我的整个生活都会改变。我一直盯着它看，直看到两眼发花，视线变得模糊，看不清那件外套，而是看到了橱窗上映照出的景象。就在那一刻，我看到了老爸在我身后。他背对着我，穿着保洁员的外套，正在擦地板。"

库尔特茫然地看着她。

"库尔特,他在这里上班,在这里当保洁员。他根本没有在什么伯明翰另一边的工厂里上班。绿橡树刚开张,他就像小区大多数女人和几个男人那样在这里找到了工作。"

库尔特不相信。这不可能。"老爸在绿橡树上班?当保洁员?"

"是的,而且干了很多年。这算得了什么呢?有什么要装的?我是说,在工厂上班、在银行当经理、在购物中心当保洁员或者当垃圾清理工——这有什么区别呢?有什么好骄傲的?他对'男子汉'、'女人干的活'等等奇谈怪论一直有非常怪异的看法。我当时就知道,可人到了十四岁时会认为自己能改变一些事情。你认为你可以说'不愿意',而且这可以成功。我真为他感到难过。我真想告诉他,这算不了什么。怎么说呢——"洛蕾塔耸耸肩,"——他却不那么看。我记得他死死抓住我的手腕……"她说不下去了,似乎陷入了对往事的记忆中。

库尔特满脑子都是问题。"你为什么不告诉我?"

"哦……他说他受不了全家人嘲笑他,还说如果我告诉你或者告诉妈妈,他就会走出家门,永远不再回来。简直像肥皂剧。我从来没有把这告诉你,也没有告诉妈妈,但我开始觉得他那错位的骄傲越来越滑稽可笑,也觉得他本人越来越可笑。我开始和他作对。我真的对此很感激:我算是很幸运。他不再是楷模,不再是笼罩在我身上的阴影。我不再感到自己或者我的生活一无是处。"

库尔特说,"可怜的妈妈——"

可是洛蕾塔打断了他。"别为妈妈担心。我怀疑她早就知道真相了。只有像老爸那种不明事理而又固执的人才会相信自己可以保守这个秘密。我知道她担心的是你。她认为你崇拜老爸，认为你需要有人保护。她竭力保持你心目中的那个贤妻良母的形象——结果终于遭到了抢劫。她担心老爸让你失望，你担心你让老爸失望，而在我看来，这一切真是可笑。库尔特，你一直生活在梦中，现在该醒来了。"

"你好，丽莎，进来。我让戴夫给你放一会儿假，好有时间和你聊聊。你也知道，我今天到店里来看看，想和员工们来一次亲密接触，同时察看一下是否一切正常，不过我也想借这个机会和你聊聊。

"我给你透露一个秘密，我知道福特雷尔店马上要招聘一位经理。虽然我知道戴夫不愿意让你走，我还是认为你或许应该开始考虑未来的挑战了。我现在什么也无法承诺，但我只想说一点，如果你能继续发展，能有自己的一家店来管理，能学会一些重要理念——这非常重要。

"别开口，我知道你在想什么。'可我现在已经是值班经理了，这与当店铺经理有什么区别？'

"这恰恰是你想错了的地方，完全想错了。我们所谈的是不同的星球，不同的思考方式，而这正是我抽时间要向你解释的。一旦向上发展，你就会面临全新的挑战，你会将一支队伍领向新的方向。你需要有坚强的意志，这样才能牢牢控制住车轮。这有点像戴新帽子。你明白我的意思吗？

"你也知道，我负责公司的员工培训。一个培训师应该最先学会永远不用学究式的东西把培训对象搞懵。一旦使用了太多的技术术语，你就会让他们摸不着头脑。培训师应该记住，你所培训的对象对管理这门科学一无所知,但这并不意味着他们就很愚蠢,也并不意味着他们就笨得什么都理解不了……只是……只是他们不懂而已。他们或许以前从来没有思考过管理,他们只是把自己的活干好。天知道他们庸庸碌碌地过了多久。丽莎,我要说的是,我没有假定你已经掌握了多少知识,也不会用那些你不懂的术语和那些你一天之内根本无法掌握的理念把你吓倒,明白了?我只想让你熟悉两个真正重要的理念,但我要用我们所称的'心智绘图'来向你进行解释。对不起,这又是一个术语!所有心智绘图,都是一个将复杂信息简单化的方法。这要一直追溯到历史开始时;《圣经》里的耶稣常常运用心智绘图。从某种角度来说,耶稣也是一个经理,一个团队领袖,一个福音传教士。

"好吧,首先是我们所称的'梯子',这种方法可以帮助你评估你所处的位置以及你准备向何处去。因此,我要你把眼睛闭上一分钟,想象一张梯子。你明白了吗?我应该说,不是那种只有四或六级的铝制梯凳——对不起,我应该早一点说清楚。我希望你脑子里现在没有那种梯凳,否则那将是一个问题。我要说的是一架又大又高的梯子,是木制的还是金属制的并不重要。你现在想象自己站在这梯子上,既看不到下面又看不到顶端,但你已经站在了梯子上。你可以看到你的下面是组长吉姆,他的下面是马特,再往下可以看到最下面一级上某个初来乍到的新手。在你的上方,比你高几级的地方是戴夫,他的上方是戈登。你可以看到他的上方有几个人,但你都不认识,你听明白了吗?这就是你和我一起绘制出来的心智绘图。我现在要把那张绘图留给你。我不会替你解读它,只希望你在以后几天好好想想这架梯子。等我们下星期交谈时,我们或许可以聊聊完全不同的东西,或许可以聊一聊足球，然后我会突然对你说'梯子'，而你就要告诉我你对那幅心智绘图是怎么考虑的，好吗？

"好的。现在可以睁开眼睛了。丽莎，睁开眼睛。好的，我现在要画一个图形，然后我要你告诉我你看到了什么，好吗？画好了，你说说你看到了什么。大虾？一只大虾？像外卖中餐中的大虾？不，丽莎，这不是大虾。我来告诉你这是什么。这是直升机，根本不是大虾。我希望你能熟悉这个直升机图形，因为你不久便会天天坐直升机。哦，别那么兴奋——薪水并没有那么高。你现在明白了，这又是一种心智绘图。我不知道你是否坐过直升机，我坐过。我可以告诉你，你从直升机上看到的世界与你在地面上看到的世界截然不同，你明白吗？坐上微型直升机后，你可以猛地俯冲到店铺里，然后从高处以他们无法猜透的方式指挥你的士兵，而这些都是他们在地面上无法看到的。我希望你想一想。

"喔，这一天讲的内容是不是太多了？你好像脑子都搞糊涂了。我们去帮帮那些顾客吧。"

神秘顾客

西停车场

店铺编号：三百五十九。伯明翰市中心分店

根据所附调查表准备的完整报告。我星期三上午十一点十五分左右去了这家店。进店六十秒内就看到了一位营业员，他正和一位顾客说着什么。收银处有三个人在收银，但排队的顾客并不多。我在主营业区转悠了二十五分钟，但始终没有一个营业员主动上来问我。我最后走到一位营业员面前，问他男式羊毛衫在哪里。他面带微笑，对我彬彬有礼，但只是用手指了指羊毛衫方向，没有陪我去那里。他也没有问我是否还有什么别的可以为我效劳的。该死的家伙。我选了一件针织衣，但收银处的营业员没有向我打招呼。她动作比较麻利，但没有问我是否要将发票装进袋子里，也没有感谢我在那里购物，甚至都没有说希望我再次光临。该死的婊子。服务质量评分：二十七分。

餐馆编号：一百七十七。哈勒斯欧文餐馆在一百四十七号十字路口旁的分店

根据所附调查表准备的完整报告。我星期三下午一点三十分左右进了这家餐馆。进门后不到十七秒，就有一位服务员满面带笑地迎接我，给我安排座位。她递给我一份菜单，并且说她'马上'就回来听我点饮料。七十六秒钟后，那位服务员回来，记下了我所点的双份苏格兰威士忌。她还顺便问了一下我是否想把菜也一起点了还是再稍微等一等。我选择立刻点菜。这位服务员立刻向我介绍当天的特价菜，很专业，也很主动。我选择了菜单上的一个套餐，服务员不厌其烦地向我一一介绍套餐中的各种搭配选择，而且在交谈的过程中她的奶子时刻在我面前晃悠。七分三十五秒钟后，她将我点的套餐端了出来，在我面前一一摆好，还给我准备了各种调味品。她笑着祝我尽情享用。两分五十秒后，她过来问我饭菜是否可口。我告诉她饭菜非常可口，但我的下面又硬又难受，想请她看一看。不到二十七秒钟，一名保安就来到了我的身旁，十五秒钟后我被保安请出了餐馆。没有一位服务

员说希望我再次光临。服务质量评分:九十五分。

酒吧编号:四百二十一。昆顿立交桥分店

根据所附调查表准备的完整报告。星期三晚上九点三十分左右进这家酒吧。走到吧台前,整整十一分钟没有一个人招呼我,向我微笑或者看我一眼。最后有个死胖子板着脸走到我这边,记下了我点的酒,但既没有告诉我这家酒吧里还有什么小吃,也没有问我是否还要点别的什么吃的。我坐在桌旁,桌子没有人收拾,烟灰缸里装满了烟头,四周围着人间最丑陋的家伙。我明目张胆地从随身携带的酒瓶里往酒杯倒酒,但没有一个服务生注意到。第二次(或许是第三次)去吧台点酒时,那位板着脸的肥猪问我是否喝够了。于是,我决定对他们的男卫生间进行一次检查。卫生间半小时前刚由服务员特莱西检查过,但尽管如此,我发现里面脏得人都不愿意在那里呕吐。由于我的搭档——那忘恩负义的臭婊子——不在,我只好亲自去女卫生间检查。墙面上到处都是香烟烫出的焦痕,镜子上沾满了呕吐物,将我的光辉形象映照得面目全非。三分钟后,两名保安将我架了出去。我在出门前告诉里面的服务员和顾客,他们根本不懂为顾客服务,我要放火把那里烧了。服务质量评分:零分。

27

终于等来了，却不是包裹，而是一个瘪瘪的信封。她认出了哥哥的笔迹，但看得出里面装着的不是磁带。她迟迟不愿意将它打开，心中尽量不去想那里面可能含有一封信、几句话或者一行字。最后，她拿起刀子，打开了信封。

亲爱的丽莎：

本来想和往年一样给你录一段话寄过去的，结果突然发现自己的声音有点嘶哑。

我真想知道你现在长成什么样子了，常常在想。你的头发是否还像以前那样扎人？你是否还像以前那样，每天上午九点至十一点之间花那么多时间用各种产品和梳子去折磨每一根头发，直到它们完全听从你的命令？我估计你不会了。时代变了——或者至少应该变了。

我今天病了，没有上班。上星期上班时出了点意外，脚骨折。我正望着窗外那棵小树，上面怒放的鲜花在碧蓝的天空映衬下是那么美丽。我怎么都看不够。

你知道吗，丽莎？差不多快二十年了。

我不知道我在你心目中是什么样子，我甚至都不知道你会不会看这封信，还是干脆将它扔了。你一定觉得我是个胆小鬼，可能还觉得我连胆小鬼都配不上。我当时没有勇气留下来查找真相，现在恐怕也还是没有勇气去面对真相。

我好像已经很久没有去考虑他人的情感了。我估计我在什么时候关闭了心灵 我不知道，我只记得以前感觉不同。我现在好像只想着我自己——这也是我远离家人的另一个原因——丽莎，我不能算是个好人。

你结婚了吗？是否和你所爱的人在一起？我希望是这样。我希望你幸福，希望我没有给你造成任何痛苦。我和一个女人共同生活了几年。她叫雷切尔，人不错，对我很好，也很照顾我。她说她爱我，我说我也爱她。可是我估计我的话缺乏说服力（我好像一直很难让人相信我）。我们现在已经分手，我真不知道我以前的经历应该对此负多大的责任。

最近，每当我坐在窗前，望着那满树的白花、黑色的枝条和蔚蓝的天空，我就越来越多地琢磨这件事。我记得警方向我询问时，当时的情况确实很糟，每个人的眼睛都在对我说着相同的话。我竭力安慰自己，"二十年后，我们会一起回忆这段经历，一起一笑了之。"现在二十年快过去了，这件事情越来越频繁地出现在我的脑海里，我真想知道我什么时候才能有不同的感觉。

我有时会想，我或许该回来面对把我吓跑的那一切了。有时候，我早晨醒来后会想：这就是我回家的日子。可我总是缺乏勇气。

这封信好像再也写不下去了,是不是?它就像我最近的感受一样,杂乱无章。我只是想写信告诉你,我想见你,可我又害怕。这么多年来,我一直试图把过去完全埋葬掉,但好像根本没有办法做到。丽莎,我希望你不会恨我。

爱你的

阿德里安

库尔特出了图书馆,决定步行五六英里回自己家。一路上大雨下个不停,可他巴不得这瓢泼大雨扑打在自己的身上。他到家后连外套都没有脱就躺在了客厅地板上,户外的气味和湿气充斥着小小的客厅。身上那湿漉漉的衣服冻得他浑身发抖。他的脑子在飞速转动。

洛蕾塔的那番话,说父亲不许她去绿橡树购物中心,使得早已封存的记忆重新在库尔特的脑海里隐隐闪现。库尔特感到自己像是在玩"寻找顶针"的游戏,正当你小心翼翼地在四周摸索时,某个讨厌的家伙在不停地告诉你"暖和"、"越来越热"、"哦,现在滴水成冰"。有一次他,在玩填字游戏时忘记了"peloton"(自行车赛中的主车群)一词,结果一连想了几个小时。他每次在脑海里搜寻时,只要一想到字母"c"就会遭遇"滚烫"警告提示。他对自己的脑子万分厌倦,不知道它究竟是怀有恶意还是愚蠢。

他现在终于明白了,记忆很少出现闪光的时刻。对他而言,记忆更像是缓慢的考古挖掘。今天在咖啡馆时,他的记忆逐渐恢复,那些令人不安、令人不快的往事一一重新浮现在他的脑海里。可即使是在他想起来时,他仍然无法把记忆与梦见监视器上出现的那女孩联系在一起。直到后来,当他在图书馆里查阅报纸,再次看到那张照片时,他才意识到凯特·米尼已经回来,而且不断萦绕在他的梦中。

他躺在光秃秃的地板上,往事在他的脑海里一一闪现。他又回到了父母家的餐桌旁,第一次看到她的名字。

他在绿橡树见过她,并且注意到她像他一样竭力不让人注意自己,尽量使自己看上去像一个有充足理由不上学的孩子,像一个跟大人一起来的孩子。他看到她偷偷摸摸地注视那些望着商店橱窗的大人,她小心翼翼地跟踪他们。库尔特对她很是佩服:她好像受过秘密跟踪方面的训练。他自己却是另一回事:他一上午都觉得每个大人的眼睛都在盯着他。他看到她的时候正向出口处走去,准备逃离绿橡树。来一趟绿橡树购物中心一直是他朝思暮想的事,但他并不喜欢这里——这里光线太刺眼,被人发现的风险太大。他正匆匆回自己熟悉的工厂区,他在那里可以隐藏得很好,谁也不会发现他。看到她后,他停住脚,注视着她。他意识到大人们之所以对她视而不见,是因为她全神贯注于自己的事。她不像库尔特那样显得漫无目标,不像库尔特那样左顾右盼;她看上去很专注,目的性很强。一只玩具猴从她的背包里探出了脑袋,她远远地注视着某个人,在一个小本子上记着什么。库尔特顺着她的目光望去,刚好看到一个男人的背影消失在镜子门后。她扫视了四周一眼,与库尔特四目相交。她的眼神难以读懂,仿佛在表达着什么——是乞求还是警告,库尔特无法判断。他最后认定那是警告,于是便飞快离开了那里。

几天后报纸头版上登出的照片有些不像她——她穿了正装后更像个小姑娘——但他认出了她那张脸。《失踪的孩子恐怕凶多吉少》。看到母亲背对着自己,库尔特悄悄将报纸转到他的漫画版页旁,然后一边继续匆匆吃着碗里的糖衣麦片,一边用眼角的余光偷偷看着报纸。

人们最后一次见到凯特·米尼是星期五。她离开家去参加著名的雷德斯波恩学校的入学考试,却没有在考场露面。校方的一位发言人已经证实,他们没有发现该失踪女孩交上来的试卷。女孩的外祖母艾薇·洛根今年七十七岁,寡居,她在星期五晚上报警说该女孩失踪。警方挨家挨户地进行了询问,志愿者也在凯特家附近和考场周围进行了寻找。

库尔特将最后那句话又读了一遍。他们为什么在那里寻找?肯定还有人在绿橡树见过她。绝对不会只有他一个人。

承认自己逃学肯定不是个好主意。只要不让父亲知道自己逃学,不让他知道自己去了绿橡树,让他做什么事似乎都可以。库尔特等待着目击者的出现,等待着某个那天见到她去了绿橡树的人出现。他试图忘记他知道只有他见到她。他试图忘记他们之间的眼神交流——那种孩子之间神秘、无声的语言交流。媒体的报道很快平息了下来。那女孩并非来自一个正常家庭,她也没有轰动到能够引起各种小报疯狂炒作的地步。她的失踪让库尔特感到很不安,在他的心头久久挥之不去。也许他不该那么往心里去。虽说这件事对他的影响远不如害怕他父亲万一得知他逃学去了绿橡树后脸上的表情,但他在那个星期观看《超级明星》或者玩"英国斗牛犬"游戏时仍然感到不安。当他在事发后的第八天从报纸上看到女孩的一位邻居被警方带去询问时,他安慰自己，说自己正准备给警方提供信息，说自己正准备鼓足勇气、牺牲自己、承担后果，但现在已经没有必要了：有个人已经被警方带走询问，谁都知道那意味着什么。至于后来是否有人被捕，是否有人被抓住，库尔特再也没有注意过。在接下来的几个月里，他时刻觉得屋子在监视他，但他只是没有将这种感觉与他的小秘密联系在一起。他相信自己还太小，没有意识到自己干了什么。他相信这件事不会带来挥之不去的后果。他相信自己的睡眠不会在以后很多年里一直被噩梦所困扰。

28

下午是一段比较安静的时光。午饭期间手忙脚乱的情景已经过去，晚报还没有送来，现在有的是时间来重新进货、检查一下该退回去的报纸、担心在去银行之前手头找零用的五英镑钞票是否还够。

有时候，他会整整一小时没有一个顾客。帕尔默先生闲不住。他准备对自己预定的杂志进行一些调整。早已没有人再买那些老掉牙的杂志了，《女人作主》和《我的周刊》如今静静地躺在货架上，无人问津。杂志批发商考克尼·丹尼斯告诉过他，现在热门的是男人杂志。

帕尔默先生看了看那种杂志的封面。"我从来没有进过那种东西。"

"你什么意思？"丹尼斯说，"'那种东西？'这可不是你卖的《假日》和《浮华》。这些都是给小伙子们看的新杂志，很有意思。"

"恐怕在我那里买杂志的小伙子们不会觉得这些杂志有意思。他们通常来买草药润喉糖、草药含片和薄荷糖。要是柜台上有这些东西盯着我们，我都不知道该怎么和他们做买卖。"

帕尔默先生向铺面的玻璃门外望去，看到人们丢在地上的废物在不停地打旋。这向来是下雨前的征兆。他今天怎么也无法将心思放在店里的杂志上。他坐在那里，凝视着那些不断旋转的塑料包装。他最近总有些心不在焉，常常忘记带午餐，即使带了也常常忘记吃。每天晚上，他就坐在客厅里，听着时钟发出的滴答声，以及他妻子在隔壁房间里偶尔发出的声响。孤独已经变成了身体上实实在在的疼痛，而嫉妒带来的疼痛则更为剧烈。她既不需要，也不想再和他说话；她把所有的话语全都说给耶稣听。

上星期三发生的一件事让他大为震惊。当时店里有四五个顾客，他正转身去拿一包兰伯特和巴特勒牌香烟，突然瞥见了队伍最后的那位顾客。那是阿德里安。他比以前壮实，头发掉了很多，但那确实是他儿子。他们对视了一瞬间，然后他转身去拿香烟。即使当他回过神来，当他意识到自己看到了谁时，他也没有转过身来再看阿德里安一眼，更没有喊他的名字。时间仿佛变成了永恒。他茫然地盯着眼前的一包包香烟。阿德里安。他需要将思绪整理好，需要说出恰当的话，需要用自己脸上的表情传递出正确的信息。他从货架上拿起那包香烟，转过身来，可他儿子已经没有了踪影。他只看到一个顾客递过钱来买烟。

雨终于下了起来，雨水顺着店门往下流。他不停地问自己，当时为什么不去追阿德里安？他为什么不扔下那包香烟，跑到街上去追他的儿子？他为什么不把他拉回来？他怎么能站在那里数着对方递过来的四点五六英镑，然后继续把薄荷糖卖给下一位顾客，任凭他儿子慢慢走远？他没有去追赶，而是等待着，接待着一个又一个顾客，轮到最后一位顾客时才说"请稍等一下"，然后才跑出去——太迟了——街头已经没有了阿德里安的身影。他站在那里，像疯了一样朝各个方向望去。等他回到店里时,他感到脸上有泪水。他冲那位顾客一笑,"今天的风可真大啊。"

屋顶上又冷又湿——但也不是那么令人讨厌,至少库尔特没有感觉到。他的衣服紧紧贴在身上,寒风扑打着他潮湿的肌肤,但他今晚连个寒战都没有。这种恶劣的天气正是他求之不得的,他感到这雨水仿佛洗刷掉了他眼睛里的睡意。他靠着护栏,仰起头,想看看天上的星星,但在这样的夜晚天上根本没有星星。他的下面是雨水不停地冲刷着的停车场,这会儿空空荡荡的,每隔十个车位便有一根细长得弱不禁风的灯柱投下惨白的灯光。停车场过去是一片低矮的工厂区,灯光更加暗淡,但并非寂静无声。即使隔着这么远,他仍然可以听到雨滴落在金属屋顶上的响声。再过去就是绿橡树四周漆黑的灌木林,属于等待开发的棕色地带。那片土地杂草丛生,到处都是早先的工厂遗留下来的锈迹斑斑的金属边角料。废电线四处可见,偶尔还能见到重型机械上的大铁块。

库尔特对那片灌木林非常熟悉,可随着绿橡树的不断扩展,周围的一切慢慢向这个购物中心俯首称臣,灌木林的周围也发生了彻底的变化。每当他开车在父母家周围转悠时,他看到那些昔日人来车往的公路如今变成了死胡同,他曾经在里面玩耍的公园如今已被一座座新的立交桥弄得四分五裂。那些让人迷失方向的新公路将这个地区切割成了陌生的地方;他看到原来那些不为人们所注意的地方突然毫无遮挡地展现在人们眼前,而原先那些重要的十字路口现在变得异常冷落,如今已无人问津的行人安全岛上的护柱周围杂草丛生;每当他看到这些，他都会感到万分惊讶。天气晴朗的时候，他只要站在绿橡树的屋顶上就能看到他父母家的屋顶——也就是他晚上独自一人时总感到时刻在注视着他的那所房子。即便是在这一刻，即便四周一片黑暗而且天在下着冰冷的雨，他仍然能感到那房子在注视着他。

自从上次与洛蕾塔交谈过之后，库尔特常常想起他的父亲，竭力从全新的角度去解读他，不断地回忆着往事，看看他们现在改变了多少。今晚，他清晰地想起了自己童年时的一幕。那是一个炎热的夏夜，他和父亲一起站在公共汽车站。父亲在看报，库尔特全神贯注地数着数字，祈祷自己在数到一百之前公共汽车能从街角驶过来。排在他们身后的是两个男孩，正在打闹着。他们在模仿功夫动作，每次侧身踢腿都会失去平衡。他们的笑声越来越响，每次没有踢到对方时都会冲着对方说脏话。库尔特将自己的注意力更加集中在数数字上。那两个男孩每次一说脏话，他都会忘记自己数到了哪里。他们第一次说"操"的时候，他皱起了眉头。他瞥了父亲一眼，但父亲的脸藏在报纸后面。库尔特希望汽车能早点到来。几星期前，电视上突然出现了一个坏词——"妈的"。老库尔特当时立刻放下手中的报纸，走到电视机前，将电视关了，然后要库尔特回自己房间去。比那更糟糕的词此刻正在他们周围飞舞。队伍中有几位妇女呵斥那两个男孩。老库尔特继续看着手中的报纸。库尔特当时只有九岁。那天是他的生日，父亲带他去看电影。那两个男孩大约十三岁。库尔特竭力不去看他们。他们在冲着对方说脏话。公共汽车始终不愿意露面。

老库尔特终于看完了报纸。他将报纸折好后，又卷成一个圆筒。他的眼睛始终盯着远处公共汽车出现的地方，脸上一直没有任何表情变化。突然，他慢慢转过身，用力将手中那根用报纸卷成的警棍狠狠在那两个男孩的脸上各打了一下，然后低声说道，"你们和你们的满口脏话太下流。离我儿子还有这些女士远一点。"那两个男孩撒腿就跑，快得大家都没有看到他们的眼泪掉下来。

库尔特一直没有弄清楚自己是为父亲那天的行为感到尴尬还是感到骄傲，但这件事一直留在了他的记忆中。这件事似乎能够说明父亲在他心目中的形象：让人害怕，武断专横，品行端正。他现在意识到，自己一直认为很了解父亲，结果是大错特错，而且还让这种看法一直左右自己的生活，这真是愚蠢。

雨越下越大，但库尔特根本不急着回去，根本不愿意听加文单调沉闷地絮叨绿橡树的历史。加文似乎精确地知道他有多么无聊，正等着库尔特去挑战他，等待着库尔特打断他的连篇废话，然后开始干别的事。加文让他感到心慌意乱。

他想起了凯特·米尼。他想起了自己的思绪。他想起了自己第一次在监视器上看到那女孩的那个晚上，不知道是不是自己准备离开绿橡树这一决定诱发了那个噩梦。或许是他认为自己该换个工作了，而购物中心却还没有做好让他走的准备。他现在不知道自己该怎么办。去报警？尽量找到她？现在这一切已经太迟了。他想知道自己当初是否能救她，也想知道如果他刚看到报纸就告诉母亲的话是否为时已晚。他想知道自己当初没有做的事是否真的能带来完全不同的结果。

他的思绪转到了丽莎身上。他喜欢她看他的眼神，那让他感到自己活着有意义。她身上有些特别的东西，让他愿意说出自己的秘密，愿意对她敞开心扉。他想再见到她。

库尔特看到下面顾客停车场上零散地停着五六辆车。夜晚总有一两辆车停在那里——或许是来购物的人继续留下来，在这里过夜生活，将车丢在了那里；或许是有人忘记自己是开车来的；或许是有人坐救护车回家了——谁知道呢？

库尔特刚才看到远处一辆车上有灯光一闪，可当他再向那里望去时，他以为那只是雨水落在挡风玻璃上后引起的灯光反射。他决定还是去察看一下——也许有人在车里睡觉，而这是不允许的。从这里走过去至少需要十分钟。按照绿橡树购物中心的条例规定，这种严格禁止的行为被称作"露营"。在库尔特看来，狂风肆虐的水泥地停车场绝对不是什么度假胜地，可是达伦告诉过他，那条规定针对的显然是那些流浪汉——那些吉普赛人、浑身散发着恶臭的家伙、无家可归的人、爱尔兰佬、近亲繁殖出来的傻瓜、抬不起头来的私生子、各种各样的小偷——他们溜进来，在停车场到处拉屎，只要你一不注意，他们就去每家商店抢劫。除了含蓄暗示的这些"露营者"外，条例规定中的第二条针对的是那些"偷车兜风的家伙"。天黑后，任何人都不许在绿橡树的停车场停留。附近每一个安全、无车的收费停车场晚上都会用铁链封锁，迫使那些偷车贼只能去周围居民区狭窄的道路上玩命。绿橡树购物中心的规定还包括严禁在中心地盘内进行任何其他"秘密活动"。

库尔特已经到了地面层停车场，正慢慢向停在那里的三辆车走去。他觉得那些夜晚被孤零零地丢在停车场上的车辆很是令人伤感，它们仿佛在更加突出自己的孤独和周围空间的广阔。他再次明确无误地感到有人在监视他，情不自禁地打了个寒战。他想知道加文是不是将监视摄像头对准了他。他走近停在角落里的旧福特嘉年华车时,依稀觉得自己透过雨水看到那辆车的驾驶座上有一个人。他放慢了脚步:他担心里面是一对夫妇或者情侣,而他真不想搅乱别人的好事。走到离车十米远的地方时,他突然看到汽车的排气管上接了一段管子,管子的另一头通向塞得严严实实的驾驶座旁的窗户。他赶紧跑过去,而且还傻乎乎地喊叫起来。他看到车内那个男人的脸一片通红,知道那人已经死了,可他还是用手电不停地砸着车窗。玻璃碎了之后,他伸手将那男子的头拉向他这边。多少年来他第一次真的流下了眼泪。这时,他的无线电对讲机响了,里面传出了加文那毫无感情的声音,"这是购物中心一九八三年开张以来的第三起。"

29

她久久地盯着那几个字，觉得它们毫无意义。兴趣与爱好。这是什么意思？这其实并不是一个问题，只是表格上一个两英寸宽的空白，需要你将自己的答案填写进去。或许她同样可以写一个模棱两可的答案："好"或者"你好"或者"对"。这是一个难以回答的问题。她显然没有任何兴趣和爱好，她只是一个值班经理……可是表格上那两英寸宽的空白还在那里，仿佛在希望或者期待你除了工作之外还有其他生活。这是个陷阱，但面对这种陷阱，你需要假装自己仿佛没有意识到它是个陷阱。丽莎当然知道有些答案过于明显，比如"我觉得兴趣和爱好占去了太多宝贵时间，而这些时间完全可以更好地用来培养店里的销售技巧"。她也知道，即使她真的有什么爱好，如实地将自己的爱好填写进去也会把事情搞砸，因为那显然会引起人们对她的忠诚产生怀疑。

她盯着那几个字看了二十三分钟后突然有了灵感，提笔写道："购物和看杂志。"如此简单。可这也是实话！他们看到她的生活如此简单后一定会很高兴的。

她将申请表又从头至尾地看了一遍。她一直眯着眼，仿佛这样就能保护自己，坏东西就不会从她的视网膜跳出来。一些支离破碎的东西在她的脑海里仍然根深蒂固。这是一份令人出丑的声明，而且还得签上字。每一个卑劣的回答都是在卑躬屈膝地直接请求别人瞧不起自己。她在想象丹看到她的申请表后会说什么。就连他那最华丽、最装模作样的辞藻在这种货真价实的神奇回答面前也会黯然失色。她将申请表翻过来，放在桌上。她无法想象丹的表情。当他得知丽莎在申请商店经理职位时，他是那么震惊。他对丽莎的印象与丽莎本人的变化之间突然出现了一道鸿沟，他毫不掩饰自己的极度失望。

"我不敢相信你真的想去当什么商店经理。与那些猩猩在一起开会。威胁那些十七岁的孩子，让他们免费加班。让周围每个人替你卖命，为的就是让你能拿到奖金，买辆新车。我不敢相信这就是你的目标。难道你不觉得这里已经够糟糕的吗？你完全选错了方向。你现在需要的是出去，而不是进一步陷进去。这种'高档住宅'的诱饵早就过时了，而你却正在上钩。那是多么枯燥乏味？那是多么肤浅？'只要能住到某个环境优美的地方，这一切就全值了。'你究竟在说什么？每天花十二个小时来干那些你不喜欢的事，再有什么样的回报都不值得。我还记得我们当初在塞克罗普斯店一起共事的日子，那时候的你喜欢笑，对唱片充满了激情，还常常拍出一些令人赞叹不已的照片来。你还记得吗？我们现在每天晚上在老鹰酒吧里无缘无故地相互指责，可以前的日子你是否还记得？你还记得我们刚来这里工作时曾经有过的计划吗？我说我干一年，然后就去旅游。结果我已经干了两年，因为我每天午餐都不亏待自己，但我还是要去旅游的。你存钱准备去上的摄影课怎么样了？你一旦抵押买房后还怎么去上课？

"你先是和那混蛋不清不白地搅和在一起，现在又在他的影响下干这种事。我根本不在乎你是不是出卖自己的灵魂，是不是会住在什么破高档公寓里，是不是和魔鬼的儿子生活在一起，只要这一切确实是你希望得到的，真的能给你带来幸福，真的是你自己的决定……可我觉得不是，我觉得你像在梦游。你比那些该死的顾客还要糟糕。"

丽莎久久没有开口，最后说了一句："我想或许我真比他们还要糟糕。"

此刻，她坐在餐桌旁，低头凝视着地板，再次想起了丹的那番话。他的话在她听来很有道理，却又没有任何真正的意义。她为自己让他失望而感到隐隐有些伤感。她知道自己欠他的远不止这一点点伤感之情。这个世界上只有丹一个人真正关心她的事，可她却硬是无法将他纳入到自己的生活中来。这件事至少有一个好的结果：它让丹振作了起来。他第二天辞去了工作，现在正为他一推再推的旅游做着准备。

自从收到阿德里安寄来的那封信后，丽莎感到自己与日常生活越来越脱节。她知道自己不应该这样，知道自己应该考虑要干的事，可除了阿德里安有可能会回来这件事外，她硬是无法将注意力集中在其他事情上。

填完申请表后，她努力去考虑埃德，考虑他们下星期将签合同购买的公寓，考虑未来，可一再出现在她脑海里的却是地毯上那些连绵的花纹。她不知道自己是否该先吃一块饼干。让她感到困惑的问题是："我对埃德有什么感觉？"她觉得自己无法回答这个问题。

她知道丹为什么痛恨埃德；他常常将痛恨埃德的理由挂在嘴边上。

第一条理由是埃德太懒,虽然"音乐世界"大多数员工不喜欢自己的工作,但他们干活也很卖力,其中的主要原因是如果你不卖力干活的话,别人就得干你的活。每当丽莎和埃德说起这一点,他的回答总让她觉得自己是公司的走狗,是在充当经理。他会说,"给我就这么点工资,凭什么要我卖力干活?"丽莎同意他的说法,可她也知道大家都一样。埃德将自己的懒惰和自私变成了一种抗议:如果大家全都尽量少干活,上班时的情况可能反而会变好。每次与埃德谈论过这一点后,她总是痛恨自己,痛恨自己被迫接任的职位,最终觉得自己错了,埃德是对的。家里的情况也一样,埃德总是把洗洗涮涮和收拾屋子的活交给她,声称他不能插手这种邋遢的活。他嘲笑她用干净盘子是中产阶级情调,仿佛这种小事让他有失身份,仿佛他不是出生于中产阶级家庭。

丹痛恨埃德的另一个更加普通的理由是他根本瞧不起埃德装腔作势的样子。在他看来,埃德"苏格兰威士忌加冰块"(他确实是这么说的)的喝酒方式,埃德卖弄地引用西纳特拉的歌词,埃德酒后伤感、自怨自艾、爆料自己曾经有过阴暗过去的方式,埃德竭力塑造浪子回头形象……这一切没有任何新意。丹会说,"看在上帝分上,他家是在索里霍尔。他怎么会有阴暗的过去呢?"丽莎最初对埃德所谓的浪子回头故事信以为真,因此当她发现埃德过去并没有什么阴影时,她感到有些失望。父母富有,妹妹漂亮,三个体面的A级毕业成绩,但是没有阴影。的确,看他最近对住高层公寓热衷的样子,他怎么着也不会有什么阴影。

她突然意识到,她对埃德的态度与她对待工作的态度完全一样——一种麻木的接受。她想到情人节贺卡上很少看到"麻木"和"接受"这两个词,想到如果哪一天那些贺卡上的用词量有所扩大的话,她或许会买上一张。这两个词让她想起了自己的父亲,穿着开襟毛衣,毛衣的胳膊肘上还缝有绒面革护垫。作为父亲,他从来没有给过丽莎任何忠告或指点,从来没有鼓励她继续朝摄影方向发展,从来没有对她说过她很有天分,不该在购物中心虚度年华。他默默地接受每一件令他失望的事,仿佛他早已料到似的,而且似乎为自己被证明正确而沾沾自喜。丽莎意识到自己正变得像父亲一样。

"……那是第五个。第六个发生在一九九五年,她都不知道自己怀孕了。我记得她,因为她看上去年龄很小。我以为她只有十二岁,可他们说她十六岁了。她是在'庆典贺卡'店里生下那孩子的,那家店当时是四十七号,后来搬到了二百三十一号,现在换了店名,叫'幸福时光'。孩子生出来时我就在场,目睹了整个过程。她的口袋里塞满了偷来的东西,比如上发条的生日蛋糕玩具,几瓶吹泡泡液(塑料瓶的造型像香槟酒瓶),还有一只泰迪熊,胸前写着'艾伦'。我一整天都在注视她。结果孩子的父亲是她表兄,我知道是他,因为我逮住过他,而且那孩子生下来后与他一模一样。我当时还在想,孩子,我很快就会见到你的,是不是?我会等你的。当然,我是等不到了,因为那孩子死了,可我一开始没有意识到。难产,浑身青紫色。顺便说一句,她表兄叫克雷格,不叫艾伦。

"然后便沉寂了一段时间,大约是三年,让我查一查……"

加文低头瞥了一眼笔记本,翻了几页后继续往下说。那笔记本算是新玩意儿，他前一天晚上从衣物柜里取了出来，上面记录着每一起自杀事件的详情。他在笔记本的封面上斜着贴了一个不干胶标签，上面写着"绿橡树：出生、死亡、重大事件"。库尔特看到那笔记本时打了个寒战，而加文却把库尔特的寒战理解成了库尔特在默默地请求他透露里面的内容。

库尔特的思绪游离在现实和虚幻之间。当他的思绪游离得离现实太远时，他的眼前便会浮现出车里那个男人的脸庞，他便会赶紧将思绪拉回来，回到加文身上，回到加文那黑色的小笔记本上。

库尔特突然意识到，让他感到最为不安的是加文在讲述每起事件时所添加的各种细节，那些除了他之外谁也不知道的细节：从屋顶上跳下去自杀的那些吸毒者在想什么，那个女人自杀前对她朋友说的最后几句话，丈夫临时给妻子购买的但他妻子永远收不到的礼物，女朋友走了之后那男孩的感受，女服务员对那些下流醉汉的真实感受，他脑子里时刻将他呼唤到这里来的那个声音，她吃了土豆之后一直挥之不去的怪异感觉，她担心自己受到了节目主持的侮辱，孩子出生的时候商店里正在播放她最喜欢的歌曲，急救人员的脸让他想起了他的父亲，他尿湿裤子后羞愧难当，他突然想起了妻子的头发……也许这些细节全是加文编撰出来的。也许所有这一切都是加文杜撰出来的。也许那笔记本里一片空白。

库尔特的思绪又飞到了别处。极度悲伤。那个男子脸上的表情极度悲伤。那张脸上刻写着痛苦，仿佛他已经无法承受人间的生活。如果他刚一看到亮光就走过去，或许他可以和那男子聊聊，或许他可以告诉对方不要这么轻易离开人世，或许他可以告诉对方南希死了之后他自己有多少次产生过轻生的念头,但他硬是挺了过来,现在看看他的样子,好好看看他……

"……不过他没有死。除了脑袋外,身上什么地方都碎了,我想这正是他的目的。我认为正是他的脑袋给他带来了种种问题,可他摔下去的姿势非常糟糕,估计你会说你摔下去的姿势太正常,所以他想再试一次。总之,这个事件造成的后果就是购物中心的那一侧关闭了三个月,'桑树'茶叶店在一九九七年也换了……"

南希脸上的表情完全不同,不是极度悲伤,而是一种他无法形容的表情,因为那怎么看都不像她的表情,因为她从来没有过那种表情,因此他怎么会对它有任何感受呢?他辨认出她后并没有精神崩溃。车祸发生之后,他们给她化了妆。她眼睛周围的颜色有些变化,但她的头上或脸上没有任何其他明显伤口。他认出了她,知道那是她,但他没有体验到辨认出她后的痛苦,没有感到末日到来时的那种哭喊。末日是慢慢到来的。

"……可是在第一年,这里没有死人,没有人在这里生下孩子,没有人在这里自杀,没有人在这里看到幽灵,没有人试图把我们炸死,没有人威胁要把我们炸飞,没有人给门锁抹上胶水,没有人……"

某男子
"下一代"店铺外的长凳上

好了,就这样吧。

现在再等十分钟,最多十五分钟。我得出去了。如果我再不离开这里，恐怕我就会对人挥拳了。我可以感到怒火在我心中聚集。现在又有征兆了。最多十五分钟。她最好十五分钟内能出来。她知道我的脾气。我不会听之任之的。每次出问题时，她总是第一个歇斯底里，而她却又偏偏总让我这样等着。我痛恨这个地方。

她为什么非要让我来这里？因为她不喜欢一个人过来，说这里曾经发生过抢劫，所以她要我来这里保护她。她有时候要我待在她身旁，有时候又因为我命令某个家伙离她远一点而对我大喊大叫。我也不喜欢看到她遭抢劫，所以我能怎么办呢？她说，"你来过一次就会喜欢这里。你可以去'音乐世界'，看看那里的录像带。"我的天哪，我宁可点一把火把我这张脸烧着了，也不愿意进那家商店。你看到过那家商店里的情景吗？就像世界末日到来时的某个猪圈。我无法容忍四周被人包围的感觉——她知道这一点。

我恨这地方。我恨每个人看你的眼神。我恨每个人脸上的表情。对面椅子上坐着一个家伙，我真想揍那小子一顿。他自以为了不起，但我可以让他明白他究竟是什么角色。究竟是什么让他觉得高人一等？

这建筑令人恶心。这建筑也患上了那种综合征，真让我感到不舒服。或许是因为它的气味或者灯光或者播放的音乐，我也说不准。我总是感到得了偏头痛——恶心，然后便是这些感受——我现在已经可以识别了。我知道它们不正常。我是个病人，还待在一座得了重病的建筑物里。认清真相是第一步，可这根本没有用，除非我能立刻离开这里。这音乐让我感到头痛，还有这些人——我真想揍扁某个人。我真希望对面那家伙能招惹我，我现在就可以走过去，把他的脑袋踩扁，免得他偷偷摸摸地窥视每一个从他面前经过的人。我在我家附近见过他。他根本不是什么角色，根本不是。这个购物中心真他妈的邪乎，因为他在这里居然认为自己是个角色。我真想让他明白他不是。

　　她还剩下五分钟，然后大家都会知道是怎么回事。我快要忍不住了。上帝啊，你好好瞧瞧。这地方怎么会有那么多肥猪？这种人根本就不应该准许出来。真让我恶心。只知道去美食区买猪油，然后塞进他们气球一样的躯体上面的小嘴巴里。又胖又丑又蠢——个个都是。瞧他们的脸。真不敢相信。就像用狗屎捏出来的肥猪。上帝啊，真希望我手里有枪　　可该死的她究竟在哪儿？她究竟可以试穿多少件衣服？她真以为我在乎她穿什么吗？也许不是穿给我看的。我有时候想到她在"英国橡树"店里，当着每个家伙的面挤进试衣间去——我的上帝啊！我有时候觉得她和我在一起就是为了惩罚我。她就是我所干过的所有那些坏事的报应。

　　哦，天哪，那家伙居然和一个姑娘聊上了，她居然真的被他吸引了。世间的一切就这样黑白颠倒。我得把眼睛闭上。

　　求求你，上帝，快一点。我在这里真的如坐针毡。

30

埃德在空荡荡的客厅里不停地跳着，跳够了之后，他躺下来，将耳朵贴在地面镶板上，这会儿又开心地轻轻敲打起了墙壁。丽莎不明白他在干什么，但可以肯定他自己也不明白他这是在干什么。

她感到不舒服。公寓里的一切都是崭新的，散发出的塑料和灰尘的气味让她想起了小时候在夏天炎热的午后坐在父亲汽车后座上的情景。一想到儿时那些被热浪软化的水果糖，她就想呕吐。

"丽莎，我觉得这一切太好了。"埃德说。

丽莎目不转睛地望着他。她不明白他怎么会如此表现。她从来没有见他如此兴奋过。

他拿起房产商给的介绍资料。"我总是忍不住要念一念这段文字：'崭新豪华公寓，位于开发新区，运河边的水景尽收眼底，离绿橡树商务和购物中心只有几百码。超大主卧，带浴室。厨房高档装修，配备齐全，与生活/用餐区相连，阳台给您带来壮丽的水景。'"

丽莎站在外面小小的金属阳台上，低头望着运河油乎乎的水面上漂浮着的一只旧手提箱。她觉得这地方有种莫名的不祥之感。

"我们完全可以做到。你能想象住在这里吗？我们当然可以。只要你能得到福特雷尔那家店的职位，买下这房子简直是小菜一碟。这儿离你上班的地方是远了点，可你说过你不想住得离上班的地方太近。"

丽莎竭力将注意力集中在河面上那只手提箱上，尽量不去想住在一个购物中心的阴影里、每天再花两个小时开车去另一个购物中心上班会是什么感觉。她往下看的时间越长，就越害怕内心不断翻腾的想纵身跳下去的欲望。她尽量克制着自己的恐高症，将目光转向远处的天际。她可以看到远处教友会所的尖顶，它那维多利亚时期的红砖结构在周围灰色的板块结构建筑中非常显眼。她六七岁的时候曾经去过那里一次。她母亲带她去城里购物。丽莎仍然清晰地记得，她那天穿了一件橙色的紧身弹力翻领套衫。她一直喜欢那件衣服，但那天是学校里有个男孩说她像爱出风头的大人物后第一次穿它。说她像个爱出风头的大人物，真是愚蠢，谁也没有笑，因为她并不像一个爱出风头的人（"杰森，爱出风头的人不穿牛仔裤"），可她倒也真的不想再穿那件套衫了。一个女人拿着写字夹板走到她母亲身旁，和她说话。

然后，那女人弯下腰来。"你好，丽莎。你妈妈说你是个好孩子，会愿意回答我们的几个问题。别害怕，这不是测试。我只是想要你尝尝一种新甜点，然后把你的看法告诉我们。"

母亲转身对她说，"这是市场调查。"丽莎不明白那是什么意思，想象着那可能是在水果和蔬菜货架中寻找某样东西，或者男人在大声叫卖化纤衬衣。

那女人将他们带进了教友会所的一个大房间，里面摆放着多张长桌，几个孩子坐在那里，正用汤匙吃着某种带颜色的甜品，看上去像牛奶冻。他们在学校里吃的甜点就是牛奶冻,而丽莎最讨厌的也是牛奶冻。她突然想到,母亲并没有意识到学校里的甜点是牛奶冻,因为他们家从来不吃那玩意儿。

母亲感觉到了丽莎在捏她的手,便对丽莎说道,"你的运气真是太好了,居然有机会品尝这么好的甜品。"

那个女人端着一个小塑料碗走到她们身旁,碗里面有一些粉红色的东西。丽莎感到自己的额头上沁出了汗水。她竭力保持镇静,反正她以前也吃过不喜欢的东西。有一次,她在奶奶家拿了一块橙子蛋糕,以为那是巧克力消化饼干。她只好假装那种将臭海绵、苦巧克力和橙子果冻合在一起的味道很可口,至少假到奶奶转过身去,然后把那可恶的东西装进了口袋。她现在必须勇敢一些,必须有礼貌。

"来吧,丽莎,尝一尝,然后把你的看法告诉我们。"

她用汤匙舀了一点,送到嘴边。太难吃了,与学校里的那玩意儿完全一样,只是多了一些古怪的粉状小块。她将嘴里的牛奶冻咽进肚后又飞快地舀了一匙,将碗里的东西赶紧吃完,然后将碗推开。

"很好。"她皱着眉头说,然后伸手端起一杯水,一口气喝了一半。

"没有别的什么?"母亲问,"只是很好?"

"很好,谢谢。"丽莎说。

"你很喜欢,是不是?"市场调查员问。

丽莎迟疑了一下,唯恐自己说了喜欢后对方又会要她再吃一点,不过她看到那女人把碗拿走了。"很好。"

"如果总分是十分的话,你打几分?"

丽莎觉得自己应该给个高分:"八分。"

"八分？真是太好了，对不对？"

"是的，谢谢你。"丽莎又说了一遍。

那女人微笑着拿了塑料碗要走，丽莎也准备站起来离开那里。

"那我们再看看这是不是五种口味里最好的一种。"

结果，那个下午变得异常恐怖，似乎怎么也打发不了。每次新换一种味道更为糟糕的牛奶冻时，她都会紧紧抓住桌子边。尽管市场调查员越来越沮丧，丽莎的回答始终是"很好"和"八分"。尽管母亲越来越不耐烦，急着要回家，丽莎却吃得越来越慢。她很有礼貌，绝不辜负人们的期待，结果全错了。

她意识到埃德在喋喋不休地说着地下健身房。她正视着他的眼睛。"我不喜欢。"

"不喜欢什么？健身房？"

"这公寓——我不喜欢。"

"我说，丽莎，现在太晚了……"

"等等……你听我把话说完。我不爱你，埃德，从来没有爱过你。"把心里话说出来其实并不像她想象的那么难，"你不爱我，我甚至都吃不准你是否喜欢我。我们这是在干什么？我们装出这副样子给谁看？"

"你怎么能这么说？"

"因为这是真的，如果我们现在不将它说出来，情况会变得更糟。你得从一开始就说真话，不然他们就会给你再端来几碗。"

库尔特看着加文将"七喜"倒进一个大杯子里，然后将杯子放进微波炉内。加文低声哼着歌。库尔特想把注意力集中在报纸上。他刚刚忍受了长达三十五分钟的一个讲座，内容是德国的韦斯滕堡城堡。加文给他看了许多照片，那灰色的石头走廊很像他每天巡视的那些过道，只是那些走廊更旧，磨损更厉害。加文说那座城堡像绿橡树一样也有着许多秘密。库尔特听了一半的时候被迫从口袋里掏出了一张面巾纸，因为他真的厌倦得流出了眼泪，而这是他以前连想都不敢想的事。微波炉"当"的响了一声，他瞠目结舌地看到加文将茶叶袋扔进了不断冒泡的"七喜"里。加文一边继续哼着那首歌，一边从衣帽柜里取出一瓶无菌奶，毫不吝啬地朝杯子里倒。加文走回到他最喜欢的那张摇椅上，茶叶袋也不取出来就这么喝着，而且眼睛死死地盯着他。库尔特立刻将目光转向了别处。这是没有办法的办法。库尔特发现，加文如果不和他来一次眼神交流，便无法开始表演他的独白，因此他想出了一个办法，不是低头看报就是将目光牢牢盯着自己的笔记本或者一包辛辣味的玉米小饼干，而且尽量拖延着时间。不过在他们这种无声的对抗中，获胜的总是加文。加文的应对策略就是死死地盯着库尔特的脑袋，而这一招总能出奇制胜。库尔特到目前为止还没有想出更好的防御办法来。对于加文那冷冰冰的目光，他最多只能抵抗两三分钟，然后他的肌肤就能感觉到加文的目光给他带来的压力。他眼前的文字就会变得模糊起来，他只好抬起头，承认自己失败，转过身来与加文对视一眼，加文便会接着开始讲述。

"你是不是常常寻思绿橡树未来会怎么样？"

"从来没有。"库尔特毫不犹豫地回答。

加文对他的回答置之不理。"现在是绿橡树的第五期，我认为我们大家都想知道它将来还会怎么发展。我是说，还能发展到哪一步？第一期当然就是一九八三年开张的最早的购物中心，占地面积小得可怜，只有二十万零三千平方英尺，只是现在的北区。底层是超市，上面有几家连锁店，装修用材也尽是些茶色玻璃和棕色大理石。我们保安部当时只有六个人，挣钱也比现在容易。孩子们都不敢在店里偷东西。他们当时选择的对象都是海伊街上的那些店铺——偷一件东西，走出店门，你就能逃之夭夭。可是在这里，你走出店门后仍然在室内。人们一直以为只要报警器一响，外面的电动卷闸门就会关上，就像某个太空站一样。他们大概认为我们配了枪，再加上到处都是摄像头，所以他们很害怕。我们头六个月过得很轻松。虽然也有逃学的孩子，但绝对不像现在这样。那时没有黑帮，没有刀子，没有喜欢暴力的疯子，也不会看到什么身穿迷彩服的小女孩。我为身上这套制服感到骄傲。"

库尔特听到这里不由自主地哼了一声。加文没有做出反应。

"你听我说，绿橡树在其他地方都不愿意接受我们时录用了我们。我读书的时候惹了点麻烦，付出的代价便是那些社会工作者和心理医生轮番来和我聊天。"

库尔特脸上的肌肉不由得抽搐了一下。加文说"心理医生"一词时装腔作势的样子让库尔特浑身直起鸡皮疙瘩。他最厌恶加文提及他的过去。他知道自己应该开口问一问他干了什么，而且知道只要自己开口问一声，他就会听到什么"往事不堪回首"带出的种种故事。在这一方面，加文与那些喜欢自吹自擂的保安没有任何区别，总是竭力夸大他们从前的坏孩子形象。

"一九八六年三月十二日标志着一个新时代的到来。绿橡树第二期横空出世，这大概也是最雄心勃勃的一期。三个全新的购物中心在这一天正式奠基。完全不同的设计,这次中标的承包商当然是 C.E. 格莱斯托。维修通道的通风系统出了问题后,麦克米兰和阿斯基公司就得靠边站了。玻璃屋顶,镜面墙壁,镀铬装饰板——这种空间更显宽敞的感觉,其灵感来自德国的穆勒购物中心。现在谁也不喜欢北区,那里重新装修过之后仍然显得陈旧不堪。我记得他们安装那些玻璃电梯时——直接从美国进口的——那些孩子们赖在里面就是不肯出来。你肯定是在那之后几年才来这里上班的。你知道保安设施有多么先进吗?一切都是顶尖的。你有没有意识到你是多么幸运?"

"我感到很有福气。"库尔特用手捂着脸说。

"我们现在已经进入了第五期。运河这一边全要开发出来,取的名字叫'水榭'。全新的生活理念——购物,生活,休闲。当然,如果你在这里上班的话,肯定住不起那些公寓……我们坐车进来,他们坐车出去。这又是活生生版的《楼上楼下》。布里吉斯太太做饭,加文当保安,阿西夫搞卫生,赛义德负责仓库——他们不会让我们闲着。"

加文停了下来,望着库尔特紧闭的眼睛。"你不喜欢那些死胡同,是不是?"

库尔特猛地清醒了过来。"你说什么?"

"那些死胡同,那些没有出口的通道,那些不会通往任何地方的维修通道。你不喜欢它们。我有时候在监视器上看到过你。你不愿意背对着它们。你……怎么说呢……你一步步向后退,来到拐弯处后才转身继续巡视。我说,如果你不是害怕背对着它们的话,为什么要倒退着走路呢?那里有什么让你害怕?"

"至少我害怕你他妈的在监视我。"

"你不希望自己怕我。"

"是吗?"

"是的,伙计,我没什么可怕的。不过那些墙壁……你真应该心存感激:现在的死胡同比以前少了很多,因为其中一些已经用砖头封死了。人们一旦认定某条通道不再需要,不会再扩建什么建筑,他们就会将那里封死,因此,我们经过的一些墙壁后面是一团团无法流通的空气,是一个个空空荡荡的小密室。不过你早已知道这些了。"

库尔特将目光转向了别处。"也许我以前听说过。你可能觉得难以相信,可我从不去记住这些详情。"

加文眯起眼睛盯着他。"是啊,我是觉得难以相信。"

31

丽莎看到马丁站在商店的另一边。她正准备替换他一下,负责古典音乐部的伊安今天休息。马丁没有站在柜台后,而是站在商店的玻璃门旁,两眼不停地东张西望,急切地盼望能有人来顶替他一下。他那样子很像一只狗,等待着主人放它出去。这一幕确实让人感到他有些可怜。丽莎打开门,脚还没有来得及跨进门槛,马丁就急匆匆地从她身边跑了出去。丽莎叹了口气,径直走到柜台旁。至少这会儿没有顾客。

古典音乐部由玻璃门与其他部门隔开,人造胡桃木墙,真皮扶手椅,轻柔的音乐——所有这些给人一种世外桃源的感觉,属于那种在单曲CD柜台后忙碌了一天后可以放松一下紧张的神经的地方。然而这只是表面现象。真实的情况是古典音乐部就像装在箱子里的地狱。

其他部门会吸引来稀奇古怪的顾客,也有偶尔来逛逛的顾客,但古典音乐部就像气味浓烈的樟脑草,能将其芳香传到城市的另一边,吸引来的全是社会精英。真正的发烧友、脾气怪异得让你不安的人、学究味浓得让你害怕的人——他们全都涌进这玻璃箱子里。丽莎想象着有一天在地板上装一个阀门，顾客们只准进来，不准出去。等到里面人满为患时，把果胶倒进去，将那些顾客凝固在一种超级果酱里。

她开始收拾柜台后面的小天地。她时不时地会在一堆堆看似杂乱无章的德国宝丽金 CD 和一本本《眼光独到》[①]中发现一只空酒瓶。伊安显然是个酒鬼。一瓶威士忌，对各种古典音乐录音了如指掌，利剑般的讥讽语言，再加上暴躁的脾气——这些便是在这玻璃箱子里打发日子的唯一途径。伊安即将五十八岁，也就是可以退休的年龄，而谁都不敢想象他会如何对待退休一事。

丽莎一面将 CD 按作曲家姓名的字母顺序重新摆好，一面为自己的父亲担心。

埃德现在已经搬了出去，她终于可以将自己原来所列出的那些事一一兑现了。上星期天她去看望了父母，这对她来说可是稀罕事。她为自己这么久没有去看他们而自责不已。她倒是不为母亲担心。母亲一直喋喋不休地向她唠叨着她在几张复印得模糊不清的传单上看到的世界末日的文章。可丽莎出门的时候看到父亲的脸上带着忧伤，心里不由得感到一阵酸楚。她为阿德里安失踪的事一直对父亲耿耿于怀，可最近她已经开始反思为什么。她原来以为父亲对他们漠不关心，认为父亲应该让阿德里安相信有人在支持他。她现在开始反思。父亲当时又有什么办法呢？她又有什么办法呢？读过阿德里安的来信后，她意识到是阿德里安自己决定出走的，将来是否会回来也只有阿德里安自己能够决定。她父亲并没有责任。她想象着父亲待在家里，陪伴他

[①]《眼光独到》：英国专门刊登讽刺文章和时政新闻的双周刊。

的只有母亲和她那些宗教宣传手册。她不知道父亲是否感到孤独。她决定下班后在回家的途中过去一趟，看看他是否愿意出去喝一杯。

正当她盘算着带父亲去什么好地方的时候，她听到了一个明确无误的响声，是威克先生进店来了。威克先生坐电动轮椅，然而这电动轮椅他却怎么也操纵不好。他每次进来时总是快乐地吹着口哨，然后大家便会听到他的轮椅撞到CD架后CD倒下来的声音。

"早上好，丽莎。今天还好吗？"

"很好，谢谢。威克先生，你怎么样？"

"嗯……我这不是还活着吗？我说丽莎，我相信你们今天肯定有人送货来了——有希望吗？"

真是令人难以相信，威克先生还在等着他二十三个月前预定的磁带。他打开那张薄薄的、已经破旧起毛的订单，丽莎看到他仍然在满怀希望地等待着某一天能收到莫扎特《圆号协奏曲》的磁带。她在心里对伊安恨得直咬牙。这份订单早就被删除了，那盒磁带永远不会到来。她曾试图告诉他磁带已经退出了市场，现在只有CD，可那不管用。威克先生不知在什么地方看到过消息，说现在还能买到音乐磁带。因此，他每星期来三次，看看是否到货，而每次都是满怀希望而来，但希望随即又会变成令人心碎的失望。这正是伊安巴不得见到的一幕。伊安每次都会说他刚才还见过，然后便会装出一副兴师动众的样子，翻箱倒柜地寻找起来，最后总是微微一笑，"哦，威克先生，也许明天吧。我相信就这一两天了。"他以作弄他人取乐。有时恰逢他脾气坏极时尤其糟糕，他竟然告诉威克先生那磁带前一天到了，但是被错卖给了别人。丽莎实在不忍心也实在没有勇气再对威克先生说一次对不起。

威克先生身材瘦小，脑袋更是小得可怜，仿佛尺寸到了他的肩膀以上就小了一号似的。仿佛要让所有人都注意他的头颅一样，他今天特意戴了一顶大号的猎鹿帽①。丽莎一直在想着他那不幸的特别订单，这时才注意到他的帽子上用别针别了一张公共汽车免费乘车证。她意识到他这样做大概是为了腾出两只手，在上下车时能够更好地控制他那不听使唤的电动战车。这可真是解决这个问题的好办法。

丽莎刚一看清楚那是一张公共汽车免费乘车证，便知道自己无论如何也不应该看那上面的照片。她知道那张照片会产生什么样的效果。她不能看那张照片，因为哪怕瞥上一眼，她都会产生难以抑制的情感。那张公共汽车免费乘车证正对着灯光，但丽莎将目光紧紧锁定在帽檐下威克先生的那张脸上。那鸭舌就是垂直线；如果她看到这条垂直线与自己的视线相交，她就应该将目光转向别处，否则她就会看到那乘车证上的照片，而那绝对不行。

一切正常，她用了几分钟时间在电脑显示器上查找着那盒永远不会到来的磁带。当她转过头来时，威克先生咳嗽了起来，头猛地低了下去，这倒是丽莎没有料到的。她本该将目光移向别处的，可已经来不及了，她看到了那上面的照片。她紧紧地盯着那照片，惊呆了。

照片是在自动照相亭拍的，亭子里的墙壁背景占去了照片的大部分空间，左下角是缩成一团的威克先生，那神情仿佛他对面站着专门处决死囚的行刑队，而他正试图用肩膀抵开照相亭坚硬的塑料侧墙，躲避那些子弹。他高高耸起肩膀，仰起他的小脑袋，正视着照相机，

---

① 猎鹿帽，最早为猎鹿者所戴的一种前后都有鸭舌的帽子。

眼睛睁得大大的，里面充满了恐惧。他在竭力躲避闪光灯发出的刺眼灯光，身子往后缩，好留出空间让灯光照满照相亭，但是他脸上那恐惧的表情显示，闪光灯发出的亮光已经照到了他身上。他身后的背景墙上有光晕反射到了相机上，这一点从他帽子上的那张乘车证上看得清清楚楚。乘车证上还有一张照片，估计拍摄的时间要早一些。丽莎看不清，只能想象那张照片好不了多少。或许正是由于威克先生这种不断循环反复、不断萎缩的形象，丽莎才感到内心非常痛苦。

她久久地凝视着那张照片，脑子里一片空白。终于，她听到威克先生在叫她的名字，赶忙使劲摇了摇头。

"丽莎，丽莎，你没事吧？今天有希望吗？那磁带到货没有？"

丽莎盯着威克先生又看了一眼，然后一声不响地走到CD柜台前，挑出了莫扎特的《四首圆号协奏曲》，再去配件柜拿了一盒六十分钟的空白磁带，回到柜台前，将CD和磁带一起放进组合音响中。她说："十分钟后就好。"

该离开这里了。

某女顾客
塞恩斯贝利商店的停车场

星期天的情况最糟，而每个星期天又比上一个星期天更糟。我整天坐在空空荡荡的家里，从一个房间走到另一个房间，从一张椅子坐到另一张椅子上。我想喝杯茶，打开了电热水壶；但我随即又意识到自己并不想喝茶，又关上了电热水壶。我想或许我要去街角的商店买点东西,可我又想不起来要买什么。我从我们家不同的窗户向外望去,看到了整条街上所有的其他窗户,却看不到有一个人在向外张望。我连一个人影都没有看到。我不知道别人星期天都干什么。我站在那里,隔着纱窗望着别人家的纱窗,总觉得时间过得特别慢。

我想我应该来购物中心看看。大家星期天不都是来这儿吗?我看到他们坐在公共汽车上,从我们家旁边经过。我知道这里非常热闹,来这种地方肯定有目的性。我进了塞恩斯贝利商店,让一个胖女人先拉出一辆购物车后我才伸手去拉一辆购物车。每个人都急匆匆地从我身旁挤过,然后伸手去抢购物车。但我等着让那胖女人先取车。我可不想挤过去。她终于抢到了购物车,推过车径直向我冲来。她好像根本没有看到我,购物车的车轮压过了我的脚趾。

我在这里已经站了很久了,好像根本动不了。我知道我在挡着别人的道,因为我可以听到别人在冲着我发出嘘声。也许我该请求帮助,但我相信即使我开口的话也不会有人听。

我有时候觉得还不如死了好,可到了星期天,我又有些吃不准自己是否愿意离开这个世界。

来这里真是个错误,又一个错误。我真的已经厌倦这些错误了。

32

那天傍晚，丽莎并没有去看望父亲。她下班的时候，两位警察正在等着她，然后将她直接带到了警察局。她在那里没有待多久，天黑前就回到了家中。她进门时屋里很冷。埃德走了之后，家里没有人整天开着取暖器。她感到肚子有些饿，却实在没有勇气做饭，甚至连走进厨房的勇气都没有。她干脆在客厅坐了下来。天越来越黑，黑暗渐渐淡去了屋里的一切色彩，只留下一个个黑影和一条条轮廓线。她一动不动地坐着，感到自己成了这屋子的一部分，只是一个模糊的形状。她觉得自己会一直这样坐在那里，直到永远。

她久久地凝视着黑暗中电话机依稀的轮廓，然后拿起了电话。她试着拨打那个号码，但头两次均没有打通。第一次对方是忙音，第二次她听到对方是个不知所措的女人，不停地冲着她大声喊叫着"是卡兹吗"。丽莎挂上了电话。要是她的手不颤抖的话，她可能不会拨错号码。她又拨了第三次，铃声响了两遍后，她终于听到了库尔特的声音。

"你好，妈妈。"他说。

丽莎大吃一惊，刚要开口说话却突然意识到自己已经几个小时没有说话了,声音有些嘶哑:"呃……"

"是妈妈吗?我正准备给你打电话——"

"库尔特,是我。丽莎。"

"哦……你好。"库尔特停顿了一下,"你现在知道了,给我打电话的只有我妈妈一个人。"

她没有理睬这句话。"我是从你们头那里要到你的号码的。我希望你不介意。"

"当然不介意,我很高兴接到你的电话。你还好吗?"

丽莎没有做声,她不知道该如何回答。她觉得现在打退堂鼓还为时不晚,完全没有理由再说下去,然后她脱口而出的却是,"我有事找你。"

看到丽莎家没有任何男朋友的迹象,他如释重负。屋里的气味和布置都像刚刚清扫擦洗过。丽莎开门时显得很疲倦,随着时间的慢慢流逝,库尔特注意到丽莎不像他们前几次见面时那样活泼。他以为是喝了酒的缘故。他去的时候带了一瓶达尔维尼威士忌,尽管丽莎最初说自己有些不舒服,他们两个人还是一口接一口地喝了起来。库尔特带酒本来是为了消除自己的紧张心情:他都记不清上一次和别人坐在一起喝酒是什么时候的事了。每当他要回忆一个特定时间时,他总是无法想起来。他现在得弄清楚丽莎打电话叫他过来有什么事,显然不是为了他们到目前为止所聊的电影和音乐这些闲话。唯一将他们连在一起的只有那个女孩——也许丽莎发现了什么。他们的话题慢慢地不再那么含糊,而是越来越涉及个人方面。天色已晚,他们就这样坐在那里,喝着威士忌,各自讲述着自己的过去。

凌晨一点——库尔特

"城里原来有个弹吉他的老人。我估计他是街头艺人，可他从来不把自己的帽子放在地上，因而也从来没有人给他钱。他没有固定表演场所，我有时会在什么人家的门前或者在教堂旁或者在公共汽车站突然见到他。他弹得非常慢，慢得你都不敢相信。他的手指在弹不同音的时候移动起来需要好几秒钟。尽管这样，他从来不弹那些指法要求不高的简单的慢节奏曲子，总是弹奏那些非常复杂、技术难度很高的吉他曲，只是他放慢了速度，你常常需要站在那里静静地听上五到十分钟才意识到那是什么曲子。他似乎不愿意让任何一个音随随便便地消失，除非这个音的每一个特点和每一个表现力完全被展现出来。我会经常在一旁站上一个多小时，默默地听着。我倒不是真的喜欢那音乐，我只是喜欢沉浸在他弹奏出的每一个音中，因为每一个音本身都是一首作品。当他竭力强迫手指摆出正确的姿势时，他的脸上没有丝毫的痛苦表情，你看到的只有幸福，只有真正的超脱，只有自然流露的喜悦。他的表演在我的眼里是那么优美，只是我觉得他根本没有意识到我是那么欣赏他，就像他对其他人的冷漠一样毫无感觉。

"有一天特别冷，我在老电影院那里看到了他。他在不停地弹奏着一段错综复杂的琶音。他穿了一件巴拉克拉瓦大衣①，但大衣遮住嘴巴的地方没有开口。他面前的地上有一张白纸，上面写着：'阿尔丰索的音乐会，今晚现场演奏，黑马酒吧，晚上九点。'我到那时才知道他叫

---

① 巴拉克拉瓦大衣：巴拉克拉瓦为克里米亚海港，克里米亚战争著名战场。该大衣连着一个盔式帽，因当时参战士兵穿此种服装而以该地命名。

什么名字。

"阿尔丰索当晚表演时还有一个人和他同台献艺。那是一个深红色头发的女人,在他弹奏的两个小时里一直在舞台上跳舞。我觉得阿尔丰索在那两个小时里其实只弹了一首曲子。我坐在一张小桌子旁,桌上点着一支蜡烛,我的对面只摆了一张桌子和一把椅子,仿佛他早已知道只有我们两个人会来听他演奏。曲子弹完后,阿尔丰索微微摇了摇头,似乎第一次看到我们。那一刻令人非常尴尬,我不知道自己是应该离开还是应该感谢他,或者继续坐在那里,等着他离开舞台。那女人站在酒吧的另一边,我们继续假装仿佛没有看到这情景。这时,阿尔丰索好像面前有一大群听众那样突然大声说道:'我要将下一首曲子献给今晚来这里的两位年轻的音乐爱好者。'然后,他突然进入了老强戈·赖因哈特[①]的水准,用令人眼花缭乱的娴熟技法,流畅地弹奏起了几乎要将手指弹断的吉卜赛爵士曲,并且用极其优美的嗓音和着唱了出来。

"我们该怎么办呢?我们一起去喝了个酩酊大醉。那女人叫南希,在此后的五年里我天天晚上都和她在一起。我们再也没有听到过阿尔丰索的消息。"

凌晨两点——丽莎

"我最近总觉得自己的脑子出了点问题,它似乎越来越不听话。我是几星期前注意到这一点的,我当时正等着计算机把当天的各种数据

---

① 强戈·赖因哈特(1910—1953),出生于比利时的吉卜赛爵士吉他演奏家。

统计出来。我盯着墙壁看了大约十分钟，突然意识到我在那十分钟内所想的几乎全是微不足道的事，根本不值得一提。全是什么'墙壁'、'留言板'、'灰色'、'纸张'、'一块棕色'，根本算不上是什么思想，只是一些基本的认知功能。于是，我集中精力去想平常所想的事，结果意识到真正属于我的思想少得可怜。不仅仅是思想，就连热衷的东西、情感、雄心或任何东西都少得可怜。我吃不准这一切持续了多久。我每天早晨开车上班时都在想，我一定要思考某个问题，或许我就能用语言将那关键点表达出来，可不到一分钟我脑子里出现的尽是'红绿灯'、'蓝色汽车'、'灰蒙蒙的天空'等词语。我好像根本没有什么基因突变……也没有什么抽象思维，能够将我变成……不只是一个行动迟缓的人。这让我想起了数学课。我的数学糟透了。只要我试图集中精力去表达某个概念，我的脑子里就会一片空白，完全空白。时间就会这么过去，老师将试卷收走。整整五年，我一直垫底，垫底这个词真是再恰当不过了。当你垫底的时候，一切都会模糊不清。关键问题是，我以前只是在思考矢量和微积分时脑子里才会出现空白，而现在这空白的面积在扩大。

"我那天意识到了这一点，我也想起了我小时候闲不住。我记得我总是很忙，总是有这样那样的事，总是在寻找什么东西……通常是音乐。我哥哥比我大很多，但他却能明白小女孩也可以关注李·斯克拉奇·佩里[①]的事业发展，关注大卫·鲍伊[②]什么时候遭人永远唾

[①] 李·斯克拉奇·佩里（1935— ），出生于牙买加的雷格音乐大师。
[②] 大卫·鲍伊（1947— ），英国流行歌星，流行音乐创作者。

弃,关注为什么约翰尼·卡什①那么伟大而大门乐队②那么一钱不值,关注为什么鲍勃·迪伦③是敌人。他常常会替我把一些歌曲录到同一盒磁带上,还会刻意加进去几首蹩脚的录音,想试试我的鉴赏能力。我当时只有八岁——结果他把我变成了一个魔鬼。我起初只是喜欢录在磁带上的所有音乐,但过了没多久,我就开始辨别出了那些蹩脚的录音,到最后他会放声大笑,因为我居然攻击起了他喜欢的那些歌曲,有时甚至会说服他某首歌其实是老歌新唱,而且唱得很糟。我觉得人小的时候,音乐会比任何时候更能渗透进他的心灵。我会沉浸在一张唱片或者一首单曲给我创造出的世界里,感觉那世界就在我周围。我会坐公共汽车去城里那家老维京唱片店,在那里待上几个小时,阅读那里的书籍,寻找各种提示和信息,认真看歌词,查找其他线索。我哥哥会带我去参加爵士乐或摇滚乐的乐师聚会。他当时二十二岁,我十三岁,别人肯定会觉得我们在一起时很怪异。可那真是最美好的日子,是我一生当中最美好的时光。我们去看那些乐队时,我是那么专注、那么投入,后来无论我做什么事都无法再那么一心一意。我现在好像已经失去了所有那一切,真是怀念啊。我现在每天工作十二个小时,脑子不听使唤,我好像什么音乐都听不到。"

---

① 约翰尼·卡什(1932—2003),美国传奇乡村歌手。
② 大门乐队:一九六五年成立于美国洛杉矶的迷幻摇滚乐队。
③ 鲍勃·迪伦(1941—),原名罗伯特·艾伦·齐默曼,具有重要影响力的美国民谣摇滚歌手,音乐家,诗人,曾获二〇〇八年诺贝尔文学奖提名。

凌晨三点——库尔特

"其实在她去世前,我的心就已经碎了。那是车祸发生前三个月的事。我有时候觉得那辆车一直在向我们逼近,在慢慢加速,最后让我彻底失去一切。有一天你醒来后发现一切都变了……这种事真的会发生,真的会发生在夜晚两个人紧紧搂抱着睡着的时候。有些事就这么永远地改变了。我醒来的时候看到了她的后背,我可以感觉到一切都变了。她那后背的形状突然显得那么陌生,那么古怪,那么不同。那天是她的生日,我伸手从床底下拿出我给她准备的所有礼物,将它们一一放在她周围。我希望她一睁开眼就能看到四周的礼物盒,所以,我小心翼翼地将它们放在早已被太阳晒暖的被子上。不过,她躺在床上的姿势有点怪,我觉得她已经醒了,可当我轻声呼唤她的名字时,她却没有做声。灿烂的阳光照在床上,她再过几分钟就会醒的。我们以前总是一前一后地醒来。可她没有动。我想象着她一一打开那些礼物时的顺序,最好的礼物最后打开。过了大约一小时,她突然翻了个身,睁开了眼睛。我知道她其实早就醒了,也许醒了几个小时,转身背对着我,眼睛望着墙壁发呆。她当然知道我已经知道了。就这么快,就这么无情。她突然不再爱我了。她什么也没有说。我觉得她和我一样对这种局面感到震惊。她不断重复我们的老一套做法,说她爱我,或许是希望能重新找回失去的爱。我们谁都没有说什么。我有时候会在晚上克制不住,会哭个不停。她就会抱住我,一句话也不说,而我则把脑袋扎进她的怀里,强迫自己和她贴得更近,试图重新找回原来那种安全感,那种完美感,可我什么都没有感觉到。

"整整三个月,天天如此。我不知道这种日子还会持续多久,不知道她什么时候会离家出走。每天只有那么一个短暂的时刻能让我忘记她已经不爱我,可这种日子我还要过多久?再过多久就会连我也不喜欢这种短暂的温存?三个月后,那辆车将她彻底从我的生活中抹去了,我的悲伤在那一刻突然变得合情合理,我尽情地宣泄着心中的悲痛。参加葬礼的人个个都对我说,'她那么爱你,你就是她的一切,她的所有。'我点点头说,'我知道,我知道。我们的爱是完美的。'

"就这样,我将这埋在了心中,埋在了睡梦中。我不停地欺骗自己,说那最后几个月或许只是我的梦幻,或许她至死都在爱我。我想或许那么真实、那么大的东西不会永远消失得无影无踪,我竭力欺骗自己……不过你现在已经知道了真相,你得替我牢牢记住它。我有时候会想不起来,我是说这种事本来就不容易记住,可我希望你能帮我记住它。希望你会像现在这样握住我的手,用你那冰凉的手握住我的手,我就会知道这一切都是真的,下次就不会用睡觉来打发它了。"

凌晨四点——丽莎

"我本来约好八点钟在温皮体育馆和我哥哥碰头的。我们向来一起坐车进城,可那天晚上,他有事要先处理一下,于是就先走了一步。我父亲开车送我进城。我当时十三岁,父亲对我晚上独自乘坐公共汽车不放心,不过温皮体育馆很安全——到处都是警察警惕的目光,还会出什么事呢?我坐在那里,喝着不断冒泡的橙汁汽水,一遍又一遍地望着手中的门票。我们当晚要看发电站乐队[①]的表演……那在我的

[①] 发电站乐队,二十世纪七十年代中期创建的德国乐队,为电子流行音乐的鼻祖。

眼里简直就像科幻小说。我当时欣喜若狂，几乎到了疯狂的地步，我不敢相信我们真的要见到他们，见到他们的真人，还有他们的电路元件什么的。发电站乐队在我的脑子里占据着一块空间，是我的一种气氛，一种感觉。我简直不敢相信发电站乐队真的存在，而且这座城市居然有那么多人知道他们，听他们的音乐……我完全惊呆了。于是，我望着窗户外面，猜想着从那里经过的人当中哪些人是去看他们的，可我实在猜不出来，因为外面的人形形色色，各不相同。有些人拎着买来的东西，手里拿着雨伞，身上穿着羊毛大衣；有些人留着棕色卷发，腿上还留有骑自行车时用的裤腿夹；有些人则干脆提着购物袋。他们的世界并不完全相同。我为自己无法将他们猜出来感到失望，更确切地说可能是为心中的期待感到失望——我既急着想看到发电站乐队，又急着想看到观众。那天晚上，我望着时针不停地移动，而我哥哥始终没有露面。那对我真是一种度日如年般的折磨。我身上的钱只够买那杯饮料，连打个电话都不够。橙汁汽水与塑料杯的气味混合后有一种特别的味道，能立刻让人想起那种绝望、痛苦加失望的感觉。我每过几分钟都会下定决心自己独自进去，可我每次都会想象着我哥哥跑到玻璃窗前到处找我的情景，我不能独自进去。说来也有意思：虽然他从来没有跑到窗户前来，但我脑海里却一直深深印刻着他跑过来的情景。我可以看到他脸上惊恐和歉意的表情。不过，最后还是我父亲来接的我。

"我哥哥被扣在了警察局。有个叫凯特·米尼的小女孩在我哥哥上班的附近失踪了，而且我哥哥似乎成了主要嫌疑人，尽管从来没有人正式指控他。没有任何人被正式指控，因为一直没有发现尸体。此后几周,警方不断地向我询问我哥哥的事,问我和我哥哥的'关系'——那究竟是什么意思?我们当然有关系……那又怎么样?他们问我一些非常可怕的问题。他们总是说我肯定感到很幸运,居然有这样一个如此关心我的哥哥,可是他们话中有话,就连当时的我都能感觉到这一点。他们对音乐一无所知。我从警察局回来的时候本来是想把那些警察说的蠢话告诉我哥哥的。我想告诉他有一个警察居然把发电站写成了罚电站,告诉他我提到我们一起买《新音乐快车》杂志时那些警察是多么的兴奋,因为他们以为我说到了点子上——真是可笑。可我哥哥根本不和我说话,甚至都不愿意看着我的眼睛。他根本不敢想象我从警察局出来后会怎么看他。我当时真应该直截了当地告诉他:他们没有强迫我去相信任何事。可我觉得这件事很明显——将它说出来反而是在暗示对他有所怀疑,而我从来就没有怀疑过他。虽然我还是原来的我,但他已经不再相信任何人。邻居们对他风言风语,父亲闭口不谈,母亲整天以泪洗面——我知道这一切让他难以忍受,可他不是还有我吗?我是他的密友,但他仿佛根本没有看到我。

"他搬了出去。我觉得他起初只是想等到那女孩再次露面或者等到有人坦白时再回来,可他所期盼的奇迹一直没有出现,结果,他也一直没有再回来。我已经整整二十年没有见到他了。他就像那女孩一样消失得无影无踪。我仍然想知道他怎么能那样做。他怎么那么没有信心?连看我一眼的信心都没有。他怎么能用逃避来回报我对他的信心?"

已经到了凌晨五点。窗外的天空从一片漆黑变成了蔚蓝色,鸟儿们仍然对新一天的到来有着表达不尽的感受。库尔特无法正视丽莎。他感到难受。威士忌与羞愧和恐惧混杂在了一起。她知道吗？她是否意识到正是他的沉默才使她哥哥蒙受了不白之冤？他的脑袋在发晕。

丽莎虽然很累，但脑子却非常清醒。她觉得现在该把自己想说的话说出来了。"你们上星期在停车场发现了一名自杀者，是不是？"

库尔特点点头，眼睛仍然盯着地板。

眼泪顺着她的脸颊滚下来，落到了她的大腿上，可她还是等到声音稳定后才重新开口。

"今天有警察找过我了。你好像发现了我哥哥阿德里安。"

库尔特猛地推开椅子站了起来，头也不回地冲出了门。

某青年

塞恩斯贝利商店屋顶

虽然购物中心晚上会锁好大门，但进来其实很容易。我们假装是去看电影，然后走进电影院旁的停车场，但我们会直接从电影院门前走过，穿过停车场后进入购物中心。你只需绕过几道防线——一点都不难。我们知道摄像头安在哪里，唯一需要留意的是那些保安。我七岁那年被他们的狗咬伤过大腿，所以我现在都带着刀，要是有狗再靠近我，我一定捅穿它的脖子。不过杰森很怕狗，我们会故意逗他，说某某暗处有一头阿尔萨斯狼狗。虽然他会笑着要我们滚蛋，但他还是会稍稍加快脚步。

我记得那天坐电梯去屋顶时，特蕾西在电梯里写了一些乱七八糟的话，大概是关于她自己以及"马克爱我"之类的文字。她问我那天是几号，好在下面署上日期。我看了一眼手表，然后告诉了她，可当我回头望去时，马克正在亲吻她。我就这样记住了当时是晚上七点二十分。

夏季的星期天最好，因为我们不必一直等到天黑。购物中心的员工六点半左右就全走光了。我们上到屋顶时，天色好像还是下午。罗伯会跑到屋顶的每一边，看看有没有保安或狗的迹象。杰森掏出酒瓶，我们会哈哈大笑，因为他总是喝得太多。克雷格掏出了打火机和香烟，因为他不喜欢喝酒。

我不知道我们在那里躺了多久。我望着一片很像坦克的云朵慢慢飘浮过天空。周围没有比我们更高的建筑，因而没有人在低头看我们。这时，杰森推着一辆购物车跑了过来，那是他在电梯里发现的。我们轮流抬起它砸向屋顶。罗伯后来说看看我们是否能全都坐进去。于是马克和特蕾西挤进了购物车的框子里，克雷格和杰森坐在车边上，罗伯头朝前横躺在顶上，那样子很像美洲豹汽车前面的那个小狗标志。我已经挤不进去了，于是杰森说，"斯蒂夫，你就推我们吧。"我开始推着他们向前跑。我可以看到特蕾西在哈哈大笑，脸紧贴着购物车上的网格。我想起了她以前和我约会时的情景。太阳再加上酒的作用，我感到一阵头痛。推着他们转悠很吃力，不过我还顶得下来，因为我想起了特蕾西以前亲吻我时的情景。她说我们相爱，但那只持续了六个星期。我推着车向前跑，突然感到自己推他们真是愚蠢，感到自己在特蕾西已经和马克好上后还和她混在一起真是愚蠢，感到我在车外而他们在车内真是愚蠢，于是我停了下来。可是，我估计车上的重量太大，购物车还会自行向前滑行。我想喊他们，因为车正顺着斜坡越来越快地向前冲去，可他们的笑声太大。我可以看到车的前轮正要撞上屋顶的护墙。我尖叫起来。车翻倒的那一瞬间，一切变成了一张照片。马克和特蕾西虽然还在购物车里，但车已是底朝天，罗伯仍然一动不动地平躺在空中，克雷格和杰森将手伸向空中，仿佛那里有什么东西可以抓住似的。他们就这样待在空中，直到这张照片在我的脑海里冲洗出来，然后他们就消失了。

33

屋里整洁得一尘不染,对此她非常有把握。虽然她每天都会用吸尘器吸尘,用拖把拖地,用掸子掸去灰尘,但她还是每周会大搞一次卫生。很像春季大扫除,只是现在每周会搞一次。她会拆下窗帘清洗,擦除烤箱内的污渍,捣碎冰箱后面的尘块,将调味瓶倒空、清洗后再装进新的调味品。这整整需要七个小时,她这会儿坐在仿柚木餐桌旁,面前放了一本《智力测验》杂志。屋子里散发着清洁剂的气味,她望着院子里晾衣绳上晒着的窗帘和床单被狂风吹得扑扇飞舞。看到它们上下飞舞的样子,她感到自己是那么自由:她几乎可以感觉到风将她撕成了碎片,要带着她飞走。

她走进厨房,按自己喜欢的方式泡了一杯茶。她仍然为自己可以这样做而兴奋不已。她往杯子里又加了一匙糖,谁也没有为此皱一下眉头。她给自己切了一大块咖啡蛋糕——那是她昨晚烤的。她准备坐下来,吃着蛋糕,喝着茶,回答杂志上关于名流们的问题。谁也不会让她感到内疚。屋子里一片寂静。他坐在自己常坐的椅子上,面对着屋前的窗户。她坐在起居室后面的餐桌旁,远离他的视线。她心满意足。

老库尔特第一次脑出血时,她确实很艰难。她需要库尔特回家来帮她——给他喂饭,给他换衣服,给他洗澡,并且还得习惯他那瞪着你的目光。但随着时间的流逝,她感到轻松了一些,结果没过多久便意识到和现在的他在一起是多么幸福。多少年来,她一直像只鸟,围着他紧张地飞来飞去,总是想把事情做好,可似乎总也无法让他高兴。她终于摆脱了他那非难的冰冷目光,现在可以爱干什么就干什么,哪怕只是给茶加糖或者买一些古怪的杂志这些微不足道的事。

不错,她仍然从不去绿橡树购物中心买东西,但她这样做与他没有任何关系。她当然早就知道他说找到工作其实是在骗人。他在绿橡树上班后没多久,有位邻居就在那里看到了他,但她很通情达理,没有让他知道她知道他的秘密。她只是不喜欢那地方,而且无法明白为什么大家都想去那种地方购物,无法明白为什么大家都一窝蜂似的去那里,抛下家门口的这些商店——这些商店里的人知道你叫什么,会和你拉家常。虽然上次遭抢劫的事把她吓了一跳,但她不会因此就改为去绿橡树购物。

她将杯子和碟子洗好,望着自己在厨房窗户玻璃上映照出的形象。她第一次见到他时觉得他就像格里高利·派克。他高高的个子,黝黑的皮肤,严肃而冷峻。他们刚开始约会时,她将他想象成了一个浪漫的英雄。她以为他冷峻的外表下隐藏着炽热的激情,以为自己可以在新婚之夜成为打开他心锁的钥匙。她知道当她让这个严肃的人完全倾心于她、痴迷于她时,她会是多么自豪和幸福。可她完全想错了。他那严峻的外表下隐藏着的是冷酷与寡欲。在他们的新婚之夜,他表现得仿佛在按指导手册行事。他只是机械地尽着义务,几乎没有注意到她。他事后唯一的评论是他不明白这种事有什么好张扬的。

他们的生活进入了一个怪圈中。她每天想方设法地讨好他,而他每天似乎总有这样那样的抱怨。她想或许有了孩子后他会改变,可孩子们不久便学会了看他的眼色行事。库尔特小时候一见到他就说话结巴,洛蕾塔则总是躲在桌子下。当洛蕾塔开始反叛时,她感到无比高兴。如果换了别的母亲,她们肯定会为自己女儿的行为感到无地自容,而帕特却为洛蕾塔感到自豪。不过她很担心库尔特:他太像她,太担心是否会得到父亲的认同,结果将一生都浪费在了竭力去赢得一些虚无缥缈的事情上。

事情总是这样,她刚想到库尔特,门铃就响了,门口站着库尔特,怎么看怎么像他父亲多年前的模样。

"你好,亲爱的,我正在想你。"

库尔特凝视着她。"啊,妈妈,你瞧瞧你的脸。你为什么不告诉我发生这种事?"

"除了担心外,你能怎么着?把坏消息告诉别人有什么意义呢?"

库尔特想,这句话倒是可以成为他们家的座右铭。他向父亲那边望去——由于窗帘洗了,他刚才隔着窗户就看到了父亲严厉的目光在盯着外面。

"他今天怎么样?"

"和往常一样,吃早饭时耍了点脾气。"

"你还好吗?"

"我很好,儿子,很好。别担心这几块青肿的地方,过几天就会消的。我才不会怕几个毛孩子呢。我知道他们叫什么,已经报警了。我根本不怕他们。"

库尔特笑了。"你是狮子王,是铁打的,对不对?"

"那你是用什么做的?好像是用锯木屑和胶水。你这是怎么啦?气色这么不好。没有吃坏肚子吧?是不是没有睡觉?"

"我没事,妈妈。我最近睡眠不足,没什么问题。"

"我很为你担心。"

"我知道。"

"我爱你。"

"我知道,妈妈。"

"如果有什么不对劲的,一定要告诉我,好吗?"

"把坏消息告诉别人有什么意义呢?"库尔特模仿母亲的声音回答道。

她放声大笑起来。"我得赶在邮局关门前赶紧去取一下他的钱,你能留下来喝茶吗?"

"当然可以,一会儿见。"

帕特出去时随手关了门,库尔特将一张椅子拉到父亲面前。他久久地凝视着父亲的眼睛,这是他平常怎么也无法做到的事。然后,他开始说话,声音很轻。

"你根本配不上她,从来都配不上她。你听到她刚才说什么了?什么也别想拦住她。她是铁打的……我们是用什么做成的呢?

"我根本睡不着,老爸。一刻也睡不着。我睁着眼睛躺在床上,望着汽车从外面经过时车灯灯光在我家天花板上移动的情景。我一直在思考我是什么样的人,思考我为什么会是这样。我也一直在思考你。

"你知道吗,我小时候你从来没有和我说过话。你只是命令我什么该做什么不该做。你只知道发出指令。我觉得你不能算一个好父亲,而且你也没有把我培养成一个坚强或者善良的人。你看看我这样子——我是一堆垃圾。

"我前天见到了洛蕾塔。她把你当保洁员的秘密生活告诉了我——我忍不住放声大笑。我简直不敢相信你一直在骗人。你骗人,你隐瞒真相,而且毫无缘由。我并不恨你这样做,但我恨你将这种懦弱传给了我,恨你把自己懦弱的基因给了我。有个真相我隐瞒了很多年,而且隐瞒得那么深,我都快要忘记了。我忘记了去考虑这样做可能会造成什么样的伤害。我总是更担心让你失望。

"我望着橘黄色的汽车灯光从天花板上划过,不知道我是否应该告诉她。'把坏消息告诉别人有什么意义呢?'我安慰自己,'反正已经无法让她哥哥死而复生。'但我真正思考的不是这个问题。我真正思考的是我多么喜欢她,是她让我感到多么幸福,而我的懦弱和我的自私却让我失去了她。这就是保持沉默的后果。

"我就像你,老爸。一个骗子,一个懦夫。这下你感到自豪了吧?"

34

屋里弥漫着棉花糖的气味,丽莎在观看那里的几块展板。加文的申请得到了批准,可以借用购物中心缺乏人气的侧翼的几个已经被人遗忘的老店面,用来展出他的《绿橡树的二十一岁生日》展览。她和库尔特约好六点钟在喷泉那里见面。他给她打来了电话,说他有话要对她说。她也有话要告诉他。她要把自己刚刚辞职的事告诉他,要劝说他也辞职,还要把自己的真实感受告诉他。为了要将与库尔特见面前这段时间打发掉,她不知不觉地来到了加文的展览前,突然觉得以参观这个展览来和绿橡树永远告别真是再合适不过。

她已经和丹告别过。她在丹出国旅行前见了他一面,并且告诉他,他说的一切都是对的:工作、公寓、埃德。他笑了,因为她说她会选择在戈登·特纳终于来店里巡视那天(尽管他已经威胁了这么久)辞职。她亲自陪他巡视,让他亲眼看到了被堵住的火灾紧急出口,看到了藏在女卫生间的一箱箱库存。他们在女卫生间还有一个意外收获——他们在那里见到了负责仓库的格里厄姆,是克劳福德命令他在特纳先生巡视时藏在那里的。丹告诉丽莎,他已经做了大量研究,知道自己旅行时应该避开哪些国家，只有这样才能在回国时不会带回来什么黑人的怪异发型、条纹裤或稀奇古怪的民族首饰。他说为了安全起见，他一定远离整个环太平洋区。他还向她保证，绝对不会和海豚一起游泳。

展览展出的这个铺面原先是一家奇味糖果店，在这里你得以高出普通商店十多倍的价格购买那些夹心糖，然后他们替你将糖果装进一个亮闪闪的粉红色条纹袋中。可唯一光顾这家灯光暗淡、死胡同店铺的只有那些迷路的人，他们在寻找卫生间，绝对不会花二十五便士去买一颗椰子味的蘑菇糖。丽莎感到脚下踩着了什么软绵绵的东西，低头一看，发现有一块昔日的虾形糖果粘在了她的鞋子上。她决定先不管它，想看看待在这里的这段时间内她的鞋子上能收集到多少糖果。她想试一试踩着被人践踏过的便士糖果行走是什么滋味。

加文坐在角落里，为了看守他的藏品，他今天特意请了假。库尔特已经把加文的恶习告诉了丽莎，因此她带上了随身听，头上戴着耳机，免得自己在观看那些数不清的照片和蓝图时加文在她身旁进行解说。她知道，只要在任何一件展品前稍微多待一会儿，加文就会不请自来，和你说话。她听着耳机里传来的烟雾乐队的歌声，比尔·卡拉汉那苍凉的嗓音与这些凄凉的照片很相配。

哥哥去世后，丽莎开始以全新的角度来体验和审视悲伤。她慢慢意识到人们对生活中失去的东西有着不同程度的感受——只是大多数人都看不到这种微妙的差异。自杀带来的痛苦与失踪带来的痛苦不同。她想和人聊一聊这一点。她想和库尔特聊一聊。她不明白他那天晚上为什么会突然离开她家。她感觉自己仿佛在重新开始，仿佛这是她多年以来第一次醒来。不管怎么说，她感到自己每次见到库尔特时内心都会有一道强烈、炽热、明亮的光线，她随着耳机里比尔的男中音一起轻声哼了起来。这好像是她很久以来第一次听到音乐。

她从一张照片走到另一张照片前。有些是购物中心的官方宣传照片，其他则显然来自加文的个人档案馆。她来到了一个特别枯燥的展览内容前，这部分全是维修通道的照片。她注意到那些通道的情况原先还要糟糕，里面的门和管道甚至都没有油漆。她觉得维修通道在购物中心已经对外开张营业了一段时间后仍然没有完工是常见的事。加文那带有孩子气的手写的大写字母文字说明向人们揭示了最细微的细节：尽管中心的营业区迄今已经重新装修过十七次，维修区只在一九八四年油漆过一次。一个男人穿着白色的连体工装裤，正将维修通道油漆成灰色。丽莎想起了她发现的那只绒毛猴后背上的灰色油漆。她突然意识到那只猴子肯定在那里待了二十年，等待着有人发现它。一想到这里，她吃了一惊。她看着那些照片，感到自己对绿橡树的反感之情越来越强烈。一张张照片抓住了揭示它歹毒真相的各个方面。一位急救人员怀抱着一个已经昏迷的孩子，站在经过布置的圣诞节门洞前。市长夫人身穿粉蓝色的套装，正在为第二片商业区剪彩。警察正在给屋顶四周拉上隔离带，因为有几个吸胶毒的家伙摔了下去。华纳兄弟商店外，一只八英尺高的兔八哥正搂着几个目光无神的孩子。从远处拍摄的电梯里的一个模糊不清的人影。基斯·切格温[①]，高高地竖起拇指，围在他身边的工人全都打扮成了垃圾桶。一张图像颗粒很

[①] 基斯·切格温（1957— ），英国演员、制片人。

大的照片，大概是从闭路电视上截取的定格图像，上面是库尔特走在漆黑的停车场上。

她想走到外面的光亮中。她现在就想离开这里，永远不再回来。她转身向外走去，甚至都没有注意到加文已经走了。

35

库尔特注意到,街上所有建筑物在接近地面的地方都有狗撒尿后留下的淡淡的污迹。他很高兴自己平常没有注意到这一点。有人走了过来,走在这个人前面的狗使劲地嗅着另一条狗刚刚留下的一块尿渍。库尔特想知道狗是不是会抬头向上看,然后注意到那些污迹上方的建筑物。

他坐在警察局对面的咖啡馆中喝着茶,迟迟不愿意直接走进警察局。

他两天前和丽莎见了面,并且告诉丽莎他在凯特失踪那天见过她。他原来并没有决定将它说出来,可当时光线发生了变化,那些话便身不由己地冒了出来。他给她打了电话,说要见她。他们在萨顿公园的树林里散步时,太阳突然从一片乌云后面冒了出来,树林的地面上立刻出现了数不清的阴影。库尔特站住脚,亲吻着丽莎。他说他爱她。他说他想时刻陪伴着她,然后说他对她哥哥的死负有责任。他感到既兴奋又害怕,复杂的心情怪异地交织在一起。他们坐在一堆圆木上。他握着她的手,但她将目光转向了别处。他望着树枝投下的阴影在她的皮肤上慢慢移动。

她终于开口了。"这么说,阿德里安离开她之后,还是有人看到了她。如果你当时把真相说出来,警方就会排除阿德里安是嫌疑人,而阿德里安也不会从此一直生活在阴影中。他可能会继续活下去。"她掸掉胳膊上的一只蚂蚁,"我不知道该说什么。我没有一点怒火。我也不知道为什么。我真希望自己能发一通火。我听着你把话说完,然后等待着看看自己会有什么样的情感出现,但是我没有一点怒气。我不知道这是不是因为你当时还是个孩子,或者是因为我无法想象他人过去的生活,或者是因为你说完后亲吻了我,我不愿意我的未来再发生改变。我感到伤心。我真希望我们早一个月知道这些,真希望我们二十年前就知道这些。可是我早就知道会有这一天,一切会真相大白的,只是它已经不会再对我有任何影响了。"

库尔特注视着蚂蚁排着队从他的运动鞋上爬过。"我要去警察局,或许还有用。"

丽莎叹了口气。"你想去就去吧,但我估计那里不会有人欢迎你。他们已经认定了目前的结论。"

他这会儿坐在一个白色房间里,突然意识到丽莎的话是多么正确。警察局里的情况根本不像电视上所演的那样。这里没有人给他倒茶,没有人拿着录音机坐在那里。他在等一位警探出来接待他,而且不知道已经等了多久。当一位警探终于露面时,脸上的表情也显得那么心不在焉。没过多久,那位警探便不再像刚才那样显得百般无聊,而是开始心生猜忌,变得令人讨厌。

"这么说,你隔了这么多年才来报案,说你在凯特·米尼失踪那天见到过她?"

"对。"

"你说这只绒毛猴玩具能够证明她去了绿橡树。"

"对,这是在绿橡树的维修通道里发现的。"

"我们怎么知道这只猴子与凯特·米尼有关呢?"

"因为我记得她那天就带着这只绒毛猴。"

"这只绒毛猴是丽莎·帕尔默找到的,而她恰好是本案嫌疑人的妹妹?"

"对。"

"而且丽莎·帕尔默还是你朋友?"

"对。"

"我们都喜欢给朋友帮忙,是不是?"

"帮什么忙?她哥哥已经死了。我没有说谎。"

"你给我听着,她哥哥死了之后,一切往事又都重新浮现出来了,对不对?再次见诸报端。她当然不愿意这团乌云永远飘浮在她头顶上方。我估计你也不愿意。"

"你对待证人的态度总是这样吗?"

"我向来必须保证没有人在浪费我的时间。"

"我不是在浪费你的时间。你拿上这只绒毛猴,对它进行化验,查一查它的纤维,查一查上面的指纹,用碳十四测定它的年代……我不知道你们有什么手段,但你们肯定能证明我是不是在说谎。"

"我们当然能证明这一点。"

他们目不转睛地盯着对方的眼睛。那位警探突然站了起来。

"你在这儿等着,我拿几张表格给你填写。"

他砰的一声关门走了出去,库尔特将脑袋在桌子上重重地磕了一下。他恨自己沉默了这么久。他恨自己居然在不知不觉中帮过这种警探。他最恨自己居然对丽莎干出这种事来。

那位警探走了回来,一脸的怒气。"好了,库尔特,恐怕你还得再等一会儿。我们今天真是吉星高照。看样子探长听说了你的证言——天晓得她是怎么知道的。她正在赶过来。她要和你谈谈。"

1984
待在城里

36

"现在有多久了？"

凯特看了一眼手表。那还是她父亲去年过圣诞节时给她买的，如今父亲已经离开了人世。这是一块电子表，有二十四项功能，晚上会在黑色的底屏上以红色的数字显示时间。凯特觉得自己晚上出去监视什么人时，这块表正好合适。

"二十七分钟。"

阿德里安叹了口气。"九百六十六路，我们早该知道这一点。凯特，你要接受我的建议：千万别再坐数字大于两百的公共汽车。"

"为什么？"

"因为这种公共汽车每天只有两趟，因为这种车去那些谁也不想去的地方。只有怪人才住在那些地方。凯特，他们总是去乡下。"

凯特揉了揉鼻子。"我不喜欢乡下。"

"只有疯子才喜欢乡下。那地方灰不拉叽的，让人看了心情特别不好。田里都是泥浆，天空灰蒙蒙的，人也一个个尖嘴猴腮，像电线杆。"

凯特想了想。"我记得那些用斧子杀人的家伙也住在乡下,我在什么地方看到过报道,也许是在我的书里。"

"我估计你说得没错。用斧子杀人。人人有枪,个个戴帽子,还有奶牛。乡下真是个可怕的地方。你知道吗?乡下还没有商店。"

凯特想了一会儿,然后说道,"乡下应该有商店,不然住在那里的人怎么买东西?"

"乡下没有商店,只有他们称做便利店的东西,看上去像商店,可里面除了一些大头菜和一包鸡蛋奶油饼干外什么都没有。如果你开口要买别的东西,店主就会拔出枪来对着你。"

"我不相信这是真的。"凯特说。

阿德里安没有做声,他描绘的这些情景让他自己都感到很压抑。他搓着手,暖和暖和。

凯特又看了一眼手表。如果考试迟到了该怎么办?万一完全错过考试呢?那当然能解决她的所有问题。可她答应了外婆,她一定会去,而她一旦答应的事就不会反悔。今天是星期五,她要考整整一上午。凯特越来越着急。她现在将每天晚上和每个星期六的时间都花在了等待或者监视她认定的嫌疑目标上。上星期终于有了令人兴奋的突破——她知道那关键的时刻正在慢慢逼近。她决定考试结束后不回学校。她可以找个借口,就说没赶上公共汽车。她得去绿橡树购物中心。那天早晨出门时她特意穿上了父亲的旧迷彩服。虽然她知道这件迷彩服的设计目的并不是要与购物中心融为一体,但她需要这件衣服上的那些口袋来装照相机、录音机、笔记本和各种笔。米基待在帆布包里很安全。阿德里安听说她要独自换两次公共汽车去考试地点后坚持要陪她一起去。凯特通常会对别人认为她不够独立的任何建议表示坚决反对,不过她今天还是很高兴能有人陪她,只是她坚决不让阿德里安在她考试时等她,因为她想考试一结束就直接去绿橡树购物中心,而那是只属于她和米基的绝密信息。她不容分说地告诉阿德里安,她自己可以安全地回到学校。

又过了十五分钟后,远处终于慢慢出现了公共汽车的身影。阿德里安和凯特选择了上层前排座位,虽然这里视野开阔,映入他们眼帘的景色却让他们更感压抑。凯特望着窗外,城市渐渐远去,周围慢慢变成了凄凉的棕色田野。她知道就在她坐在这里痛苦地忍受乘坐这种似乎总也到不了目的地的公共汽车的同时,她正失去一些至关重要的证据。她想象着住在学校里会是什么情形,想象着住在远离商店、街道和街区的地方会是什么滋味,想象着生活在远离阿德里安和特雷莎的地方会是什么感觉。她闭上眼睛,不让眼泪流出来。过了一会儿,她居然靠着阿德里安睡着了。她梦见了那个嫌疑人,她跟踪他走进了一条通道。他拎着一个大袋子,但是钱正从袋子里掉出来。凯特每次弯腰捡钱时,那些钞票便会在她的手中变成她笔记本中的一页页记录。她正忙着收集各种证据,犯罪嫌疑人正试图逃跑。她突然感到有什么东西在拉她的衣服,醒来后看到阿德里安已经站了起来,正在轻轻拉她的胳膊。

"到了,凯特,就是这地方。"

37

阿德里安在通向学校的车道口与凯特道别。其实他并没有说再见，而是说道，"继续努力，好妹妹。记住——电视不会直播革命过程。"

凯特不明白那句话的意思，但还是将它当成了某种告别的话。她微微一笑，走进了大门。她在雨中沿着长长的车道吃力地向前走去，哥特式的学校建筑的轮廓越来越大，越来越压抑。汽车从她身旁经过，似乎没有注意到她的存在，溅起的泥水落到了她的身上。凯特在停车场犹豫不决，站在自行车棚下躲着雨。她望着客货两用车和"陆虎"车驶了过来。父母们兴奋地唠叨着，将自己的孩子带向学校的大礼堂，带向一个金色的未来。凯特望着其他孩子，看到他们穿着粉红色的衣服，上面还饰有小羊毛球，感到他们属于另一个物种。难道他们就不能自己坐公共汽车过来吗？她看到他们的脸上毫无表情，随即便明白了一切。她再次想逃离这个地方，这已经是她那天早晨第十七次产生这个念头了，可她已经做出了承诺。唉，她被迫做出了承诺，现在不能违背。

凯特走进了大礼堂，看到里面乱成了一团。父母们充满自信的刺耳声音在木地板的学校大礼堂里交织在一起。孩子们站在一旁，面无表情；他们的父母大步走到桌子旁，兴奋地寻找着孩子的名字。凯特走到第一排桌子旁，看到那上面的名字完全按字母顺序排列。她刻意绕了一圈，然后才慢慢地向字母 M 处走去。康德、达克、德阿斯、伊尔威克、阿尼昂斯、斯帕猛德——她想象着自己以后每天早晨点名时周围都会是这些外星人。当她终于来到写有莫德和蒙加这两个名字的课桌前时，她的思绪被打断了，因为这两张课桌之间并没有写着米尼的课桌。

其他孩子的父母不断挤到凯特前面，围着身材矮小的考官，大声喊叫着要引起她的注意。

"我女儿没有带铅笔。"

"是阿尼昂斯，不是奥尼昂斯。"

"她每隔一小时得上一次厕所，你们得提醒她，她自己不会主动说的。"

"我可以在哪儿等？"

就在试卷快要发下来之前，凯特终于有了说话的机会。"我找不到我的座位。"

"你找了吗？"

"找了，所以才知道找不到。我叫米尼，可这些课桌从莫德直接跳到了蒙加。"

"哦，别人也碰到过这样的事。"

"是吗？"凯特可以看出，这个女人只有百分之五的注意力集中在她身上。

"是啊，今年的报名登记出了大问题，布雷威尔太太得为此负责。

我们有推选了学生的学校名单,却没有考生的名单。应该有帮助的,对不对?你是哪个学校推选来的?"

"圣约瑟夫。"

那女人低头看了看她手中的表格。"不错,圣约瑟夫学校是推荐了一名学生。"

"那好。"

"是的。"

凯特停顿了一下,然后说道,"那我坐哪儿?"

"哦,对,你得和其他那些姑娘一样,坐到最后一排去,现在赶紧填表,到时候这张表格会用订书机和你的试卷订在一起。"

凯特慢慢走到最后一排座位旁。家长们现在已经离开了大礼堂,她走到唯一剩下的课桌旁,其他女孩个个都在全神贯注地填写着自己的姓名。

她不想来雷德斯波恩学校上学。她想象着在塔玛拉·阿尼昂斯四处找铅笔时,自己却在观看泥泞操场上进行的讨厌的曲棍球赛。她想象着自己看到报纸上登出了绿橡树购物中心发生千万英镑被劫案的头条新闻。她想起了自己向外祖母承诺过一定要考好,现在却感到很恶心。看到身旁那些女孩的表现后,她更加自信,自己只要好好发挥就一定能被这所学校录取。她拿起笔,开始填表。推荐学校,考生姓名,家庭地址。就在她写上圣约瑟夫学校那一刻,她突然全明白了。其实一开始就有一个解决办法。她不会违背自己的承诺,但她也不会去雷德斯波恩上学,她可以想个办法让大家都高兴。她在考生姓名一栏中工工整整地用大写字母写道:特雷莎·斯坦顿。

2004

警　戒

38

有一天，她半夜突然醒来，看到凯特坐在她的床头，望着她的梳妆台，脸上一副迷惑的表情。特雷莎几乎可以伸手触摸她，但她没有伸手，而是推醒她丈夫，问他是否也能看到凯特。他当然看不到。

他穿着那件可笑的绸睡衣，坐起身来。"你不会相信有鬼怪吧？"特雷莎已经慢慢地意识到，她和丈夫的结合全错了。

她当然不相信鬼怪，而鬼怪相信她。

凯特时刻伴随着她。她开车被堵在环线上时，凯特会坐在她身后。她在看报告时，凯特会在她左边，就在台灯投下的光圈之外。她疲倦的时候会注意到凯特就是那新削过的铅笔发出的气味。凯特相信她。

她坐在汽车后座上，仰头枕在座位后背的头靠上，望着车窗外飞驰而过的城市景色——各种各样的形状和灯光：漆黑的办公楼区，灯火辉煌的广场，从酒吧出来的人群，被人暂时遗忘的吊车，停止走动的时钟。她看到了这一切，而这一切纷纷向她迎面扑来。她不必去想这些，也不必去分析它们。她一直想从车上观看这一切。

汽车驶进了女王大道，隧道里那些落满了污渍的照明灯在她的眼睛里一一闪过，直到她慢慢闭上眼睛。她想起了在汽车里自杀的那个男人粉红色的脸庞。她不忍心再往汽车后视镜望去。说出实话或许能救他一命，可她向来与实话无缘，她取得今天的成就也与实话无关。

她早就知道阿德里安·帕尔默所说的一切都是真的。

处理这起案子的警探们认为他就是他们要找的人。他们认为这起案子已经结案。她把案卷看了至少有一百遍，每次都为他们的马虎、他们的无能和他们先入为主的看法感到越来越愤怒。正是因为他们，凯特的案子才不了了之。每次在咖啡机旁看到处理这个案子的那些警探，或者看到他们穿着便鞋大摇大摆地从走廊过来时，特雷莎总是竭力掩饰自己心中的怒火和对他们的鄙视。

当然，和他们相比，她一直有一个优势。她掌握着他们所没有的证据，而这个证据她选择了隐瞒。她知道凯特参加了雷德斯波恩学校的入学考试。

伯明翰市的环线像过山车线路一样，汽车时而俯冲进隧道，时而又爬上高高的立交桥。特雷莎感到有些疲倦，但又非常兴奋。她期待着即将开始的问话。

从前有个女孩，身上到处青一块紫一块，吃的是残羹剩菜，而且对各种规定和规矩一无所知。

凯特给了这个女孩一个机会，这个女孩伸出双手抓住了这个机会，然后一路发奋，将所有人都甩到了后面。从公立学校毕业后她进了大学，毕业后开始了她的警察生涯。记者们常常来采访她，而她也确实是个新闻。她的肤色、她的性别、她的官职——记者们觉得这种结合永远能引起人们的好奇。她是励志的榜样，是一盏明灯。整个警察局谁也没有取得斯坦顿探长那样的成就。但记者们从来没有问过一点——一直隐藏着的那一点。他们会问她的动力是什么——但她从来不会说是幽灵。他们会问她成功的秘诀是什么——但她从来不会透露任何秘密。他们会问是谁帮助过她——但她从来没有说过凯特。她觉得记者们的采访过程只是毫无意义的公关活动，而采访她的记者都是一些穿着劣质皮夹克的庸才。特雷莎知道，自己只要说出真相，他们可以节省很多时间，也可以节省很多版面。她的故事只有一条主线：她只有一个目标，一个追求，一笔债务要偿还——她一定要找到她。

她一刻也没有停止过。她调查过，询问过，给那些通风报信的人施加过压力，可谁也没有见过她：凯特就像个无形人。整整二十年了，特雷莎的调查每次都陷入同一条死胡同中。凯特在考试结束时放下了手中的笔，然后就消失在了空气中。

直到今天。特雷莎得到内线报告。有人拿着一只绒毛猴玩具走进了警察局。尽管这个人多年来一直在隐瞒真相，特雷莎却怎么也无法恨他。

司机等待着警察局停车场的栏杆升起来，特雷莎感到自己体内的肾上腺素在急剧增加。她知道一切即将真相大白，知道凯特即将浮出水面。

39

调查重点集中在了凯特失踪时在绿橡树购物中心上班的员工身上。由于库尔特的目击证词证明凯特跟踪某个人进了维修通道，因此警方对员工记录进行了拉网式的排查，将员工姓名与前方的数据库一一进行比对，并且开始去一些人家走访。有两位警官运气不佳，被排去询问老库尔特，结果正像帕特在电话里告诉他们的那样，一无所获。

加文的名字从一开始就引起了警方的注意。他有一大堆少年犯罪记录，多得根本不能让他这种人在购物中心当保安。十多岁的时候，他有段时间喜欢偷偷溜进别人家里，只是从来没有偷过任何东西，也没有造成刑事案件：他只是喜欢进入别人家，喜欢在别人家中四处看看。引起警方注意的最重要的一点是：凯特失踪后的第二天，他没有来上班。

特雷莎见到加文时，脖子背后的头发竖了起来。这是她每次找到罪犯时的感觉。她没有立刻询问他，而是观看了他拍摄的维修通道的录像。她拿走了那盒录像带，在自己家中观看。摄像机一路摇晃着穿行在光线暗淡的通道中。录像中有时会传出加文的呼吸声，有时又会传出加文几句简单的解说，但大多数时候里面只有他的脚步声。特雷莎完全被电视机屏幕吸引住了，那上面的图像不再像混凝土通道，她感到自己仿佛被拉着穿行在某个巨大的有机体中。那些脚步声像是她发出的，她根本控制不了他们将她带向何处。

  录像结束了，电视机屏幕上一片雪花，可她仍然一动不动地盯着电视机。她的脑海里全是她和凯特在一起时的情景。她突然感觉到那时候的她们就像太阳一样炽热，散发着亮光，精力旺盛，任何人或任何事都无法扑灭她们这团烈火。她心不在焉地望着屏幕上出现的各种图形，突然意识到失去光华的正是自己，这么多年来正是自己在慢慢失去小时候的光华。凯特就像天上的星星，可能早就死了，但她发出的闪烁光芒仍然能来到特雷莎身旁，仍然在引导着她。

  她一直沉浸在自己的思绪中，过了大约二十分钟，电视机屏幕上突然出现了几道线条，雪花中出现了一幅画面。这次出现的仍然是维修通道，是某个陌生的角落，但这次加文出现在了摄像机前。他躺在水泥地上，脸的一侧紧贴着地面，睁大了眼睛望着前方。眼泪一下子涌进了特雷莎的双眼中，她知道自己找到了凯特。

40

"我以前就有过那种感觉,知道她的目光在盯着我。我感到很不习惯,因为向来都是我监视别人,从来没有人监视过我。

"我的后背可以感觉到她在注视着我,我知道她就坐在我身后某个地方。我不知道她是谁,也不知道她想干什么,但我知道她选中了我。

"我看问题好像一直和其他人不同,就连我小时候——也总是和别人不一样,结果我在学校里常常受人欺负。

"监视其实是一个角度问题。你常常听人说他们成了'被跟踪的对象',或者听人说谁是猎人和谁是猎物。我不这么看。当你在监视某个人时,你无法控制他去哪里。他们可以随心所欲,而你只能站在暗处望着。那是一种无可奈何的感觉。可一旦有人在监视你,你就能掌握主动。只要你动,他们就得动。你有没有被人那样监视过?你知道那是一种什么样的感觉吗?

"她似乎总在那里。我会坐在游乐区,看孩子们在那里玩耍。我会连着看上几个小时——好像谁也不在意。可是现在,我刚在那里坐了一会儿,就能感觉到她的目光落到了我身上。我感到自己在被人监视,自己的一举一动都在被人记录。我不再像以前那样谁也不在意。她开始在购物中心周围跟踪我。我在店铺的橱窗和镜子上看到过她,好像我对她的吸引力在逐渐增大。她每天都会比前一天更加密切、更长时间地跟踪我。后来,有一天,她跟着我穿过装有镜子的墙壁上的门,进入了维修通道。"

他沉默了很长一段时间,但特雷莎没有说话,静静地等待着他继续说下去。

"我不知道自己该去哪里。我的脑子里一片空白,只有一种感觉,一定要领着她穿过那些通道里的弯道和拐角。我可以听到身后传来了她的脚步声,但我一直没有回头,否则我对她的魔咒就不灵了。我不想就那么结束。

"我从西侧楼上的消防出口走了出来,但她还在跟着我。她在出口处迟疑了一下,我担心这场游戏恐怕就此结束了,我现在知道她其实是把她的玩具留在了那里,也就是那位姑娘发现的那个绒毛猴。我应该注意到的,可是我没有。

"我估计你们可能不知道,购物中心的那一侧当时还是一片建筑工地,刚刚划为购物中心的扩建区,还没有完全开始修建。在那里建房子可不容易,有些地方需要挖空后打地基,有些地方则需要填土提高地基。由于中心并不像最初希望的那样成功,扩建工程完全停了下来。业主们正被扩建费用搞得焦头烂额。

"我到了外面后知道她还在我身后,那是一种奇怪的感觉。来到外面后,她根本无处可躲,也无处可去。我只要一回头肯定能看到她,可我不想么做。我想继续朝前走,让她一直跟下去。我从扩建工地向下走,来到了地基层。地面相当滑,而且很不平,但她还是跟了过来。她别无选择。地基层很大,中央有几个低洼处,需要填土。我来到其中一个低洼处。我记得地上有一块木板,周围还放了几块石头。也不知道是什么将我吸引了过去。我走到那里后,用脚踢开了那块木板,看到木板下是更低的一层——属于原先工厂的某个地下室,狭窄的竖井一侧装了梯子,一直通向下面的黑暗处。我想进入到那黑暗中,我想知道我在黑暗中是否还能感觉到她的目光,可这或许是现在的我这么想。我现在都吃不准我当时是不是在思考。我们就像完全被人编了程序一样——我走在前面,她跟在后面。我没有别的选择。

"我爬下梯子,在黑暗中磕磕绊绊地走了一圈,找到了一堵墙。我靠墙坐下来,等着她下来。我巴不得能够看到她从梯子上下来,那样她就看不到我了。

"我听到她的脚步声在慢慢逼近。我知道她会下来,我和她之间的那根纽带牢不可破。我望着她的右脚慢慢跨过竖井边缘,踩到了梯子上,另一只脚伸过来踩到下一级梯子上。可不知怎么的,她的左脚踩空了。那个图像常常出现在我的脑海里。那只脚试图在半空中踩到什么坚实的东西上。在那一瞬间,我清楚地看到她从透过亮光的竖井摔了下来,然后就消失在下面的黑暗中。

"她落到地上时的声音很特别,我当时就知道她死了。我走过去,在她身旁坐下来。她躺着的地方有一点亮光。她没有呼吸,但我仍然可以感觉到她凝视的目光。我将头贴在她旁边的水泥地上,我知道她会永远望着我。我凝视着她的眼睛,时间仿佛凝固了。我知道天越来越黑,也不知过了多久,黎明到来了。那是我一生中最幸福的几个小时。"

加文死死地盯着远处，仿佛完全忘记了这是审讯室。

特雷莎过了几分钟后才开口问道："你为什么不把这件事告诉别人？"

加文久久地望着她。"她来到了我的身旁，谁也别想把她带走。她在那里注视着我，在那里和我在一起——她是我的。

"我从来不认为这一切是个意外。她摔下来是有原因的，我领她去那里也是有原因的。尽管推土机后来将下面那几层都填上了，我仍然觉得她时刻和我在一起。出了这件事之后，成千上万的人才开始涌进绿橡树。扩建项目继续进行，销售额急剧上升。分析家们都认为这全是消费热的功劳，但我的看法完全不同。

"你们知道吗？德国中世纪在修建威尔穆尼兹教堂时，怎么也建不好。无论他们白天建成了什么，晚上都会倒塌。于是，工人们带了一个孩子，让她一手拿着一个面包，一手握着一盏灯；让她坐在地基的一个洞穴里，然后用灰浆将它封死。这座教堂从此牢牢地屹立在了那里。同样在韦斯滕堡城堡——墙里面也有一个专门给孩子坐的座位。她当时哭个不停，于是，他们在将她封在里面时给了她一个苹果。欧洲各地都有被活活埋葬的儿童，但这些儿童带来了繁荣、平安和幸福。

"这个地方选择了我。我在这里开始工作时就熟悉它：我有一种特殊的目的，一种使命感。我会沿着那些通道前进，而那种感觉就像这地方是为我建造的。一切大小合适，一切摸上去那么舒服。那些墙壁似乎能听到我在说话，那些镜子在对我开口。我听到各种低声细语，我知道所有的秘密。这地方选择了我，也选择了她。"

41

绝密。侦探日记。

为凯特·米尼侦探所有

十二月五日，星期三，第五个非常重要的日子

由于今晚商场关门的时间比平常晚，因此在绿橡树待得较晚。

嫌疑人下午四点与五点之间出现在了老地方。他走了之后，我在几家大商场转了转，看看是否还有其他可疑活动——看到有个男人坐着电动轮椅，撞倒了某种补充能量饮料的促销展台——显然是个意外。下午七点，看到嫌疑人从汉堡王旁边装有镜子的门走出来，化装成了一个保安！米基不知道该说什么好。

十二月六日，星期四

今晚没有嫌疑人的踪迹——害怕了？仍然无法相信他的乔装术——和书中预测的完全一样。我现在已经非常接近犯罪活动了。我只有米基可以信赖。老爸肯定会为我们自豪的。

十二月七日，星期五

在雷德斯波恩学校一考完试就尽快赶到了这里。下午两点，看到嫌疑人化装成保安，在四楼巡视。我们悄悄跟踪，与他尽可能保持距离。他什么时候靠近银行？

下午三点——刚刚看到嫌疑人消失在银行旁边的镜子门后。我觉得应该跟踪他——他有可能想从后面进银行抢劫。我觉得他在进门的时候从镜子中看到了我，但他没有回头。侦探必须勇敢。米基一直陪着我，会替我担任警戒。我要进去。

42

我一闭上眼睛就会觉得自己还在警察局里。问讯，写报告，黑色的茶杯里倒满了茶水，连成一排的荧光灯发出嗡嗡的响声，照亮了一个个房间。按一下"停止"键，按一下"录音"键，听着倒磁带时发出的呜呜声，等待着录音机"咔"的一声停下来。

我看到那位保安和丽莎·帕尔默手拉着手走了出去。我想叫他回来，想谢谢他的证词，但我觉得他可能不会回头。

我也离开了，这里已经没有什么好留恋的。很久以来，我一直感到疲倦。我想去遥远的北方，那里永远没有夜晚，却又寒冷得让你感到焕然一新。

车流很慢，但我不介意。我已经拿到了一份签了字的坦白书。我已经拿到了你的笔记本。我已经将你那忠心耿耿的搭档装进了一个证据袋中。我正迎着落日开车回家。五号公路沿线的低矮光束穿过我汽车的茶色挡风玻璃闯了进来。我的周围一片亮光。